来須潜入、幻獣領へ

街は奇妙《きみょう》な虚脱感《きょだつかん》に包まれていた。

半《なか》ば瓦礫《がれき》と化した街には民間人《みんかんじん》の姿はなく、兵だけがたむろしている。

多くは軍務《ぐんむ》についている者のはずだが、その顔に緊張はなかった。一昨日、五月一日の共《きょう》生派《せいは》のテロによって司令部《しれいぶ》ビルは爆破され、市内は大混乱に陥《おちい》った。各所で市街戦《しがいせん》が展開《てんかい》され、学兵《がくへい》に変装《へんそう》し、武装《ぶそう》した共生派テロリストは一掃《いっそう》された。

それでもこれでひと山越したと思ったのか、自然休戦期を控《ひか》えて、兵たちにはどこかしら弛《し》緩《かん》した表情がかいま見える。戦闘解除《せんとうかいじょ》まであと一週間——。

5121独立駆逐戦車《どくりつくちくせんしゃ》小隊付き戦車随伴歩兵《スカウト》、来須銀河《くるすぎんが》は、廃墟《はいきょ》の中で煮炊《にた》きしている学兵らを横目に桜町《さくらまち》の情報センタービルへと向かっていた。

横手に市内に散在《さんざい》する小公園のひとつが見える。子供たちが遊ぶ姿はすでになく、薄汚れたブランコが虚《むな》しく風に揺れている。

代わってたむろしているのは明らかに学兵とわかる少年たちだった。

魚肉ハムを焼く匂いがぷんと立ちこめる。どこから調達《ちょうたつ》してきたのか、軍用のガスボンベ式コンロの上の大鍋《おおなべ》の中で、何が入っているかわからない煮汁《にじる》がぐつぐつと音をたてている。炊き出しとは違う。何人かは部隊章《ぶたいしょう》、階級章《かいきゅうしょう》を制服からはぎ取って、明らかに脱走兵《だっそうへい》とわかる。もはや兵とも呼べぬ少年たちが、垢《あか》じみた身体を寄せ合うようにして、食べることに専念《せんねん》していた。

「おおい、そこのあんた、腹減ってねえか？」

　リーダーが来須の視線に気づき、声をかけてきた。しかし来須は微《かす》かに首を横に振ると、彼らに背を向けた。

「無理すんなって。配給《はいきゅう》の飯だけじゃ体がもたねえぞ！　出来の悪い隊長を持った隊は栄養失調《えいようしっちょう》で死んじまう兵を出してるって噂《うわさ》だぜ」

　来須の背に声が浴《あ》びせられる。

　配給とは名ばかりで、今や軍から支給《しきゅう》されるのはジャガイモくらいだ。あとは各隊が自前で調達するしかないのが現状だった。幸《さいわ》いなことに来須の隊は優秀な事務屋に恵まれているが。

　ピリピリと警笛《けいてき》の音が聞こえ、煮炊きしていた学兵がわっと逃げ散る。手慣れたものだった。各自がてんでばらばらの方向に駆け去っていく。それでも憲兵隊《けんぺいたい》の制服を着た男たちが逃げ遅れた学兵に組みつき、手錠《てじょう》をかけていた。

「おい、貴様《きさま》は」

　声がして振り向くと、軍曹《ぐんそう》の肩章《かたしょう》を付けた憲兵が怪しむように来須を見つめていた。

　黙って見つめ返すと、憲兵の表情がみるまに変わった。遊兵《ゆうへい》、脱走兵の類《たぐい》ではないことは雰《ふん》囲気《いき》からわかる。「失礼」と憲兵は謝《あやま》ると、気まずげに捕縛《ほばく》した学兵を目で示した。

「近頃《ちかごろ》は脱走兵が増えておりまして、中には危険な連中《れんちゅう》もいますからご注意を」

「あいつらが危険か？」

　全員が十代の少年たちだった。屈強《くっきょう》な体つきの憲兵と比べると、いかにも頼りなく見える。来須の言葉に憲兵は一瞬、言葉に詰まった。

「……失礼しました」

百翼長《ひゃくよくちょう》の肩章に目を留めたのか、憲兵は敬礼《けいれい》をすると立ち去った。

トラックに乗せられ、連れ去られる学兵たちを見やりながら、来須は物陰に声をかけた。

「これからどうするつもりだ？」

ウォードレスを脱ぎ捨てた痩《や》せた女子学兵がおそるおそる姿を現した。可愛《かわい》い、と表現してもよい顔立ちをしているが、今は顔も服装も埃《ほこり》っぽく、目は怯《おび》えた野良猫《のらねこ》のように光っている。女子でも鍛《きた》えられた兵は体つき、顔つきを見ればわかる。女子学兵は精鋭《せいえい》とはほど遠い、その他大勢の類……要するに普通のハイティーンの女子だ。

「……さあ、どうしよっかな」

来須は小さくかぶりを振った。そしてすぐに関心を失ったかのように背を向けた。

背後から心細げな声が飛んできた。

「ねえ、教えてくれない？　あたし、ダチに誘われて隊から逃げてきたんだけど、これからどうすればいいの？」

「……」

「ねえ。お願いだから」

「その友達と逃げてきたわけか」

来須はあきらめて女子学兵と向き合った。巨漢《きょかん》に見下ろされて女子学兵は一瞬、たじろいだ様子だったが、不安を押し隠すようにまくしたてた。

「二十四日の熊本城《くまもとじょう》の戦いで、あたしたち菊陽《きくよう》の陣地《じんち》にいたんだけど、何がなんだかわからないうちに部隊は半分になっちゃったの。仲の良い子たちはみんな死んじゃうし、新しく来たのは頭の悪い男子ばっかだし。少年院出身なんて危ないやつらもたくさんいたから、思いきって逃げることにしたんだ。友達は今、連れていかれちゃった」

女子学兵はどうやらまだ学生気分が抜けきっていないらしい。あるいは凄惨《せいさん》を極《きわ》めた熊本城攻防戦《こうぼうせん》を経《へ》てもなお、学園生活の雰囲気にすがることで現実逃避《とうひ》をしているのか。来須は一般の学兵と話すことは少なかったが、そんな連中も多いのだろう。

「……隊に戻れ」

逃げ場所はどこにもない。来須はそれ以上何も言わず、彼方《かなた》に見える高層ビル……情報センタービルへ向け歩み去ろうとした。

「けど……今さら戻りにくいよ。軍の刑務所《けいむしょ》に入れば戦争に出なくてもいいって聞いたんだけど……？　あんな化け物に殺されるくらいだったら、刑務所のがいい」

女子学兵が追いすがってきた。来須から三メートルほどの距離を置いてくっついてくる。

「ならばなぜ捕まらなかった？」

しかたなく来須は言葉を継《つ》いだ。

「だってさ、なんか憲兵隊、迫力あり過ぎ。警棒《けいぼう》でばんばんぶったたいていたし。だからつい……」

物陰に隠れてしまった。

「これから憲兵のところに行って、あたし脱走兵ですなんて言えないし」

「おまえは誤解をしている。軍刑務所に入れば安全ということはない。懲罰隊《ちょうばつたい》に再編成されて、最も危険な戦域《せんいき》に送られる」

来須にしては珍しく、子供に説明するように噛《か》んで含めるような口調になった。

ここしばらく、様々な噂が飛《と》び交《か》っている。刑務所へ行けば本土へ移送《いそう》されて、生き延びることができるとか、政府は秘密裏《ひみつり》に敵と和平条約《わへいじょうやく》を結んで自然休戦期まで自分たちは安全であるとか、果ては三十万の自衛軍が九州《きゅうしゅう》に来援し、戦局を一挙《いっきょ》にくつがえすなどというものまであった。

すべては兵たちの願望から発した流言《りゅうげん》にすぎない。

それどころか近頃では憲兵に拘束《こうそく》された兵がぬくぬくと安全な刑務所で過ごすことはなくなっている。不十分な装備で文字どおりの捨て駒《すてごま》、盾《たて》代わりとして背中を友軍の銃口《じゅうこう》に狙われ、最前線に配置されるのが普通だった。

脱走《だっそう》は死を選ぶようなものだ。

「マジ？」

女子学兵の足が止まった。無責任な噂に振りまわされて、早まったことに気づいたのだ。

来須はポシェットから手帳を出すと、軍刑務所の場所、そしてある名前を書いた。そのページを破ると凍りついている女子学兵に手渡した。

「ここに出頭《しゅっとう》して大尉《たいい》を呼べ。5121小隊から聞いた、と言えばなんとかしてくれるだろう」

「……ありがと」

女子学兵はしょんぼりと肩を落として紙片《しへん》を受け取った。しばらく歩いていると、女子学兵の気配は消えていた。


「街の様子はどうだ？」

執務室《しつむしつ》に入ると恰幅《かっぷく》の良い男がデスクの向こうから挨拶《あいさつ》代わりの声をかけてきた。階級は準《じゅん》竜師《りゅうし》。自衛軍《じえいぐん》で言えば中佐待遇《ちゅうさたいぐう》といったところだ。来須が沈黙《ちんもく》を守っていると、芝村《しばむら》準竜師はにやりと笑った。

「おまえが出張《でば》って阿蘇《あそ》方面に張り付いている部隊は、あれでも我が軍の一張羅《いっちょうら》というやつでな。学兵の中でもまあましな連中を配置してある。市内の連中はひどいものだったろう」

「……用件を」

来須は無表情に準竜師の視線を受け止めた。

元々少年少女を戦争に狩り出すことが無理なのだ。普通、前線で戦う下級の兵の多くは二十代の前半、肉体的な成長がピークを迎えた年齢層で占《し》められる。屈強な肉体とそこそこの判断力が養《やしな》われるのがその年頃だからだ。

年齢ではわずかな差だが、二十代の前半と十代の後半とでは兵としての資質は大きく異なってくる。よほどの教育を施《ほどこ》さない限り十代の学兵というのは無理な話なのだ。

彼らをろくな訓練もせずに兵にすればあんなものだろう。

そして、目の前にいる人物は、そんな学兵たちの元締《もとじ》めのようなものだった。極めて芝村的に、学兵を「時間稼ぎの捨てゴマ」と割り切って、なんら恥じる風もない。

むろん、来須はそれを責めるつもりはない。戦争を指揮《しき》する立場、上に行けば行くほど、兵の命は抽象的《ちゅうしょう》なものとなる。芝村でなくてもそんなものだ。

「幻獣共生派の指導者をひとり処理してもらいたい」

準竜師は無造作《むぞうさ》に切り出した。

来須は表情ひとつ変えずに話の続きを待った。

「五月一日の司令部ビル爆破と、その後のテロ活動を立案《りつあん》し、指揮した人物だ。いわゆる第五世代というやつでな。現在は八代東方《やつしろ》、九州山地のとある場所に潜伏《せんぷく》している。危険な人物だ」

第五世代というのは、幻獣の脅威《きょうい》にさらされた人類が、大幅な遺伝子《いでんし》改造を施して対幻獣戦用につくり上げた者たちだ。年齢層から言えば、二十代後半から三十代にあたる。むろん、兵として特化《とっか》された者たちであったから、数はその世代のごく一部にすぎなかった。

しかし、普通の人類から大きく離れた存在であったため、多くが幻獣側に寝返り、人類の敵となってしまった。これは、ごく限られた層しか知らない極秘《ごくひ》事項である。

「第五世代について、聞いたことは？」

来須の困惑《こんわく》する顔が見たい、というように準竜師は質問してきた。

噂だけは聞いている。しかし問題は別にある。

八代といえば敵地だ。現在の状況はまったく謎に包まれている。報道規制も働き、幻獣領となった地域については一切《いっさい》語られることはなかった。

来須が黙っていると、準竜師はにやりと笑って数枚の写真をデスクの上に広げた。

「潜入工作になる。万全《ばんぜん》の用意はさせてもらう」

「断る」

来須のそっけない返事に、準竜師は高笑いをあげた。

「この男のお蔭《かげ》で千人規模の将兵《しょうへい》が死んだのだぞ。それでも断るというのか？」

自《みずか》らはなんら良心《りょうしん》の呵責《かしゃく》を持たぬというのに、ぬけぬけと来須の「良心」に訴えてくる。芝村的な、あまりの割り切りぶりに来須は内心で苦笑を洩らした。

「善行《ぜんぎょう》は知っているのか？」

明け方、阿蘇戦区の塹壕《ざんごう》陣地で島村《しまむら》小隊の助《すけ》っ人《と》として警戒態勢に入っていたところ、司令部から無線が入った。ただちに情報センタービルの芝村準竜師のもとへ出頭《しゅっとう》せよ、と。

どうやら５１２１小隊司令の善行はこのことについて知らぬらしい。善行が噛んでいるとすれば彼から直接命令があるだろう。

しかし準竜師は平然と来須の言葉を受けた。

「むろん善行もこのことを知っている」

知っていることと、承知《しょうち》したということは違う。来須は帽子《ぼうし》のひさしに手をやる独特の敬礼をすると、準竜師の執務室を後にした。

「なんの任務かは知らんが、その様子じゃ、にべもなく断ったってところだな。いや、けんもほろろにといった表現が正しいかな？」

玄関《げんかん》ロビーに出たところでやわらかな声が響いた。指揮車オペレータの瀬戸口隆之《せとぐちたかゆき》が壁にもたれ、皮肉な笑いを浮かべている。

来須が無表情に目を向けると、瀬戸口は腕組みして「うんうん」とうなずいた。

「実は俺にも善行さんを通じて呼び出しがあってな。またぞろ厄介《やっかい》なことになると思ったからすっぽかしたってわけさ。もう鉄橋爆破《てっきょうばくは》の時のようなことはごめんだ」

すっぽかした、と聞けば普通の軍人は顔色を変え、目をむくことだろう。

「なるほど」

「あの時は見事に死にかけたからなー」

来須にしろ瀬戸口にしろ、軍の規律や階級とは別次元で生きているようなところがある。

むろん、表面上の階級秩序《ちつじょ》が崩れていくのは最前線で戦う部隊には共通なことだ。無能な指揮官よりは、百戦錬磨《ひゃくせんれんま》の下士官《かしかん》が尊敬され、兵にとって害になるようであったら、その指揮官は後方からの銃撃で名誉の戦死を遂《と》げることもままある。生存のための効率《こうりつ》的な秩序は、前線と後方の部隊とでは大きく異なる。

以前、軍の監察官《かんさつかん》が小隊に出向いてきて、隊内の規律に関して「Ｅ」評価を下したことがある。ヒステリックにE評価を口にする監察官に、善行は苦笑して「お仕事、ごくろうさまです」と言ったものだ。5121小隊は十代の学兵ながら特殊技能の持ち主の集まりであり、それぞれが個性を発揮《はっき》することで実績を積み重ねてきた集団だ。

「共生派の暗殺《あんさつ》を頼まれた。善行はなんと言っている？」

来須の言葉に瀬戸口は、ふっと笑《え》みを浮かべ、肩をすくめた。どうやら瀬戸口の予想とさほど外れていなかったらしい。

「これは命令ではなく、依頼《いらい》です。準竜師の話を聞いた上で、受けるか受けないかはあなたの判断に任せます、だとさ」

「そうか」

「善行さんも辛《つら》い立場だよな。5121は芝村を後《うし》ろ盾《だて》にしているから無下《むげ》には断れない。かといって連中の政治ゲームにつき合う気はない、と」

そんなことはわかっている。要は自分たちが「依頼」とやらを断って、その旨《むね》を善行を通じて準竜師に報告してもらえば済む話だ。

来須は軽くうなずくと、話題を変えた。

「傷の具合はどうだ？」

熊本市内でのテロリスト蜂起《ほうき》の際、瀬戸口は負傷していた。

「上々。さて、それじゃあこの話は終わりだ。善行さんのところへ出向くとするか」

来須はむっつりとうなずくと、瀬戸口と並んで歩き出した。

　五月の陽光がまばゆく目を刺した。

　花の香《か》を含んだそよ風が通り抜けてゆく。春の盛り、本来なら一年で最も心が浮き立つ季節だ。しかし、来須の目には荒廃《こうはい》し、埃と泥にまみれた街が映っていた。

「どうもこのまま終わるとは思えないんだ」

　道路上に放置された瓦礫を軽《かろ》やかに避《よ》けながら、不意に瀬戸口が口を開いた。

　来須が黙っていると、瀬戸口は独り言を言うように続けた。

「データを調べてみたんだが、正規の訓練を受けた学兵の精鋭《せいえい》部隊はほぼ底をついた。文字どおり、消耗《しょうもう》し、すり減って地上から消滅したってわけさ。代わりに補充《ほじゅう》されているのは、今おまえさんが助っ人に行っている島村小隊のような連中ばかりだ」

　政府は十万の学兵を徴兵《ちょうへい》しながら、その一部にしか満足な訓練を施すことができなかった。教官も施設《しせつ》も絶望的なまでに不足しているのが現状だ。5121小隊もその例に洩れず、わずか三週間足らずの訓練で戦場に送り出されている。もっとも士魂号《しこんごう》のパイロットたちは希有《けう》な才能に恵まれ、幸運にも戦場で学んで成長を遂げた。

　しかし、一般の少年兵たちは違う。来須……善行が何かと気にかけている島村小隊の指揮官である島村百翼長は元は事務官だったが、書類上のミスで混成歩兵《こんせいほへい》小隊の隊長となった。そして率《ひき》いる兵は、これも書類上のミスか、十五、六歳の銃の撃ち方も知らずいきなり戦場に送り出された少年たちだった。

来須と、もうひとりの5121小隊付き戦車随伴歩兵の若宮康光《わかみややすみつ》は、見かねて一から銃器《じゅうき》の扱い方を教えた。まだ塹壕に籠《こ》もっての拠点《きょてん》防御にしか使えないが、来須と若宮は熊本城をめぐる攻防戦以来、島村の隊の面倒を見続けている。

瀬戸口の言葉を聞きながら、来須は戦場のことを考えていた。

ここ数日、来須は不穏《ふおん》な気配を感じていた。少しずつ、ほんの少しずつ敵の攻撃が強くなっているような気がする。

無線の周波数《しゅうはすう》を戦区の精鋭部隊のものに合わせ、それとなく様子を探《さぐ》っていた。精鋭の守る地域は、当然、最も敵の圧力にさらされている。

敵はこちらの強度を試しているのか？　とてつもなく嫌な予感がしていた。

「阿蘇戦区にしても虫食いだらけだ」

来須にしては珍しく比喩《ひゆ》的な表現を使った。

「まあな。あそこは人類側の精鋭のショーウィンドウのような戦区だが、精鋭部隊が広い戦域をカバーしきれていないんだ。虫食いの部分には島村小隊のような隊が配置されている。たとえて言えば穴だらけの一張羅ってわけさ」

比喩ならば負けてはいない。瀬戸口は来須の「比喩」に笑いながら応じた。

不意に大地が揺れた。

熱気をはらんだ爆風が瀬戸口の体を地面へとたたきつけた。

何が起こったかわからず、顔を上げると、来須はすでに匍匐《ほふく》したまま黒煙の吹き上がる一点を見つめていた。情報センター付近にある公園の木々が粉砕《ふんさい》され、方々《ほうぼう》で煙が昇っている。煙はその公園にとどまらず、市内の各所から昇っていた。

なんということだ――。

瀬戸口は舌打ちすると、悔《くや》しげに歯を噛み鳴らした。

市内の至るところにある公園は正規兵《せいきへい》、脱走兵を問わず学兵のたまり場となっていた。上からの命令を守っているのかいないのか、厭戦《えんせん》気分に支配された彼らはそこにたむろして煮炊きをしたり、情報交換を行っている。

目の前の公園には二十名は下らないだろう、負傷兵、遺体《いたい》とその断片が散乱していた。

「クレイモアだ」

来須がぼそりとつぶやいた。

クレイモアとは爆発と同時に直径1・2ミリ、七〇〇個のボールベアリングの玉が飛び散るように設計されている対人用の地雷《じらい》だ。指向性《しこうせい》地雷と呼ばれ、六十度の範囲で二百五十メートル以内に玉が拡散《かくさん》する。今では様々な種類があり、遠隔操作《えんかくそうさ》で時限式の爆弾として使用することもできる。

至近距離にいた者は、跡形《あとかた》もなく四散する残酷《ざんこく》な兵器だった。

冷静さを取り戻して観察してみると死者の数は意外に少ない。破片に傷ついた兵が悲鳴をあげ、泣き叫び、しきりに助けを求めている。悲鳴、痛みに号泣《ごうきゅう》する声はあらゆる方角から聞こえてくる。

敵は……おそらく共生派テロリストだろうが、死者を求めず大量の負傷者を求めたのだ。死者は葬儀《そうぎ》をすれば済むが、負傷者には多くの人手《ひとで》と手間《てま》がかかる。後方攪乱《かくらん》の戦術としては最も有効な手段だろう。

ほどなく救急車のサイレンの音が市内にこだました。

負傷者の悲鳴とサイレンの音を聞きながら、瀬戸口は珍しく深刻な表情になった。

ここまでやってどうする？　これで満足なのか？

「来須」

瀬戸口が呼びかけると、来須は何事もなかったかのように起き上がり、付近の民家の壁にめり込んだ破片を取り出した。

「そちらは無事か？」

問い返されて、瀬戸口はおそるおそる自分の体を探《さぐ》った。一日の司令部ビル爆破の際に負傷した傷が治りつつあるのに冗談《じょうだん》じゃなかった。

幸《さいわ》いなことに、と言おうとして肩にちくりとした熱を感じた。熱を帯《お》びた破片が制服をかすめ過ぎ、肩口のあたりに焼け焦《こ》げをつくっていた。

「隊服が名誉《めいよ》の負傷！　やれやれというところだな」

あと数センチずれていれば、肩の骨を砕《くだ》いていたことだろう。

瀬戸口は肩口の焼け焦げをさすった。その目にはなんともいえぬ光が宿っている。自然休戦期が近づくにつれ、共生派のテロ攻撃は日を追って激しくなっている。こちらは幻獣との戦闘だけでもいっぱいいっぱいなのに、テロリストどもはそれを見越して嵩《かさ》にかかって攻めてくる。その犠牲者《ぎせいしゃ》は、正規の自衛軍や精鋭部隊ではなく、さほど役にも立たぬ学兵、遊兵、そして少数ながら九州に残っている民間人たちだ。無警戒な弱い者を狙う。まあ、それがやつらの商売なんだ、と達観《たつかん》するほどの度量《どりょう》を瀬戸口は持ち合わせていなかった。


「なあ、来須」

瀬戸口は口《くち》の端《は》に笑みを浮かべて呼びかけた。

「なんだ？」瀬戸口の声に異様《いよう》な響きが混じっていることに気づき、来須は問い返した。

「本当にしゃくなことなんだが、俺はなんとなく芝村の話に乗りたくなってきたよ。尤《もっと》も主役はおまえさんだろうから、そちらしだいだがね」

来須は何も言わずに、公園内に足を踏み入れた。爆風で吹き飛ばされたのだろう、ジャングルジムに数人の兵が糸の切れたマリオネットのように引っかかっていた。

遺体の中に見知った顔を発見して来須は目をむいた。

先ほど来須に話しかけてきた女子学兵が目を見開いたまま息絶えていた。彼女に残されたほんのわずかな幸運。まだあどけない顔は損傷を免《まぬか》れていた。悲鳴と鳴き声がわんわんと響く中、来須はジャングルジムに近づくと、そっと女子学兵の目を閉じてやった。

「……芝村の話には二重にも三重にも裏があるぞ」

来須の声はあくまでも冷静だった。そんなことは承知の上さ、というように瀬戸口は肩をすくめた。

「連中が提供する情報を調べてみよう。話はそれからだ」

「そうですか。いや、それならけっこう」

善行忠孝《ただたか》はデスクの向こう側であっさりとした口調で言った。しかし口調とは裏腹《うらはら》に眼鏡《めがね》を押し上げると、じっとふたりを見つめた。

「わたしは一応芝村閥《ばつ》ということになっていますから何も言えませんが、あなたたちは断るだろうと思っていましたよ」

「ま、ほんの気まぐれ、というやつでしてね」

むっつりと沈黙を守る来須に代わって、瀬戸口が口を開いた。

「鉄橋爆破の時とはわけが違いますよ。今度はこちらが敵の真っただ中に潜入するわけです」

善行の声に懸念《けねん》の響きが交じった。熊本城攻防戦に先立つ鉄橋爆破作戦では、来須と瀬戸口はコンビを組んで、爆破を阻止《そし》しようとする共生派テロリストと対決した。しかし今度は謎に包まれた幻獣領への侵入《しんにゅう》だ。危険ははるかに大きいだろう。

「わかっていますよ。それにしても、情報が少な過ぎます。テロリスト及《およ》び幻獣の支配領域《りょういき》に関する情報を提供してもらいませんとね」

瀬戸口が水を向けると、善行は微《かす》かにうなずいた。

「むろんのことです。この種の作戦では情報が最大の武器ですから。わたしが承諾《しょうだく》の旨を伝えしだい、司令部から要員が来てブリーフィングを行います。以上です」

善行は淡々《たんたん》とした口調で言った。

「司令はこの作戦をどう思われますか？」

瀬戸口は善行を冷やかすように尋《たず》ねた。沈黙《ちんもく》があった。何を言えばよいのか、善行は困惑《こんわく》し、言葉を探している様子だった。

しばらくして、善行の口許《くちもと》に苦しげな笑みが広がった。

「あなたたちを信じていますから。あー、つまりあなたたちの生存能力及び判断力のことですね。個人的な意見を言えば、この戦争は共生派のテロリストを殺したところでどうなるものでもありません。まあ、芝村の策に乗っかって、この戦争の真実を見極めてみるのも手かもしれませんね」

「真実、ですか。そんなものがどこにあるんでしょうね」

瀬戸口はやわらかな声で応じた。

真実、ときたか。様々な策謀《さくぼう》があり、情報は錯綜《さくそう》している。善行にしろ、自分にしろ、その一部を知っているにすぎない。情報の大本《おおもと》を握っているのは芝村だ。


司令室の扉《とびら》をノックする音がした。

善行が入室をうながすと、純白《じゅんぱく》の司令部スタッフの制服に身を包んだ女性の士官が姿を現し、貧相《ひんそう》なプレハブの司令室が急に華《はな》やかになった。ウィチタ更紗《さらさ》千翼長《せんよくちょう》。芝村準竜師の副官で切れ者との評判が高い。ウィチタはその美貌《びぼう》には不釣り合いな大型のブリーフケースを提《さ》げている。善行が無表情に眼鏡を押し上げると、ウィチタは几帳面《きちようめん》に敬礼をした。

「ずいぶん早かったですね。こちらからはなんの連絡もしていませんが」

善行が声をかけるとウィチタはうっすらと微笑《ほほえ》んだ。

「わたしは準竜師に命じられただけです。彼らは必ず引き受けてくれるだろう、と」

「予想どおりというわけですね」

瀬戸口がウィチタに笑いかけた。

「ええ」ウィチタはそっけなく応じると、ブリーフケースから数枚の写真を取り出した。一枚は拡大された衛星《えいせい》写真。集落《しゆうらく》に人影がちらほらと見えている。

「幻獣領に住む共生派というわけですか」

市街地ではない。四方を険《けわ》しい崖《がけ》に囲まれた山奥の集落だ。旧公民館らしきビルを除けば、他の家は古く、半ば朽《く》ち果《は》てている。藁葺《わらぶ》きの農家にトタン板が張られて、かたちばかりの改《かい》修《しゆう》が施されている。よほどの山奥だな、と瀬戸口は見て取った。

ウィチタは黙ってうなずいた。

「この集落はおそらく第五世代の力で結界《けつかい》が張られ、幻獣から隔離《かくり》されているようです。我々《われわれ》の社会から逃亡した幻獣共生派、さらに自衛軍及び学兵の捕虜《ほりよ》、投降者《とうこうしや》。第五世代とその遺伝子を受け継《つ》ぐ者以外は幻獣に発見されると殺されますから、結界が必要となるわけです」

「結界とはなんです？」

瀬戸口の問いにウィチタはわざとらしく首を傾《かし》げてみせた。

「詳しくは解明《かいめい》されていません。幻獣領から奇跡的に脱出した兵が持ち帰った情報です。第五世代のある者にはこの種の能力があるようです」

「初耳ですね」

善行が苦笑《にがわら》いを交えて口を開いた。むろん、噂は聞き及んでいる。しかし、これまで最高機《き》密《みつ》扱いにされてきた事柄をウィチタはぬけぬけと話している。その意図を探《さぐ》りたかった。

「ええ、これまで極秘とされてきましたから」

ウィチタは表情も変えずに応じた。彼女は芝村準竜師の副官として、影として、諜報《ちょうほう》・治《ち》安《あん》部門で暗躍《あんやく》しているという。彼女が出てきたこと自体、きな臭かった。

「なぜです？」と瀬戸口。

「幻獣の支配地で人間が生きているなどとわかったら、この戦争は持ちこたえられませんから。我々は徹底した情報管制を敷いてきたわけです。九州の山地には各所にこうした結界が張られ、第五世代を含む人類が生き延びています」

幻獣は人類を皆殺《みなごろ》しにするための存在。その支配地域に例外があるとわかったら、危機感が薄れるというわけだ。

ウィチタはそう言うと、数枚の写真をデスクの上にすべらせた。一枚は集落の広場らしきところで集会を開き、その中心に立って何やら話をしている男の立ち姿。顔までは判別できない。二枚目は男の顔写真だった。

三十代から四十の間といったところか、日に焼けた顔に多くのしわが刻まれている。それでもまなざしだけは若々しい光を放っている。

「野間道夫《のまみちお》。人類を裏切った第五世代の指導者のひとりで最も先鋭《せんえい》的な強硬派《きょうこうは》として知られています。この男の支配下にあるテロリストはおよそ八百名。ちょっとした軍隊規模ですね。配下は自衛軍にも浸透《しんとう》して、武器その他の供給《きょうきゅう》を受けているようです。残念ながらその組織については調査中としか言えませんが」

「浸透、ねえ。ずいぶんのんびりした話ですね」

瀬戸口の言葉にウィチタは微笑んだ。

「そちらのほうはご心配なく。今、泳がせている最中ですから。話題を戻しましょう。この集落の位置は八代東方、五木川《いつきがわ》流域にあります。九州でも最も険しい山岳地帯で、かつ幻獣領の真っただ中というわけですね。来須、瀬戸口の両名には明日〇四〇〇《ゼロヨンマルマル》をもって旧五木村付近に潜入してもらいます」

「まさか、降下《こうか》するわけではありませんね？」

善行が怪訝《けげん》な面持《おも》ちで問いただした。

「いえ、ヘリを使います。ふたりとも空挺《くうてい》実習では優秀な成績を修《おさ》めていますが、山地への降下はリスクが大き過ぎます」

ウィチタは小型のプロジェクタを取り出すと、「スクリーンを」と言った。

「〇四〇〇をもって座標J8に展開。目的の村は座標K10。標的を処理した後、〇六〇〇に同J8より撤収《てっしゅう》。以上です」

どうです、簡単《かんたん》なものでしょうと挑発《ちょうはつ》するようにウィチタはちらと来須を一瞥《いちべつ》した。来須は完全な沈黙をもってウィチタの視線に報《むく》いた。

「なんだかずいぶん楽な任務《にんむ》に聞こえますがね。共生派及び幻獣の抵抗は？」

瀬戸口は苦笑してウィチタに尋ねた。

「中・大型の幻獣はあくまでも前線で実体化するもので、後方の非戦闘地域には存在しません。希《まれ》に少数の小型幻獣が確認されるだけです。この数カ月、衛星写真で観測してきたデータです。後は共生派の抵抗ですが、ほとんどの兵が我が方の攪乱のため出払っていることが観測から確認されています。個人的な見解《けんかい》は差し控えますが……」

ウィチタはここまで言って、口を閉ざした。

「ははは、楽勝《らくしょう》ってわけですか？　危ない危ない」

瀬戸口は声を出して笑った。ウィチタもそんな反応は予期していたとみえ、澄《す》ました表情で続けた。

「きたかぜのパイロットには幻獣撃破数八十八のエースを手配しています。楽であるとは保証できませんが、最善《さいぜん》の準備を整えたつもりです」

「……というわけです。任務開始まで適当に。以上、解散」

善行が結ぶと、瀬戸口があわてて口を開いた。

「ちょっと、ちょっと待ってくださいよ。俺の役割はなんなんですか？　まさか来須と一緒に標的《ひょうてき》を狙撃《そげき》しろってわけじゃないでしょう」

「それは……」ウィチタが口を開こうとするのを制して、善行が言った。

「あなたを推薦《すいせん》したのはわたしです。よき狙撃手《スナイパー》にはよき観測手が必要ですから」

「観測手ねえ……」

なんのことやら——。瀬戸口は冷やかすように善行を見つめた。


善行、瀬戸口らと別れて来須は街へ出た。

瀬戸口の疑問は尤だ。そんなに簡単な作戦であったら自分ひとりで十分だろう。瀬戸口には何か秘密がある、と来須は常々考えていた。

それが何かはわからないが、ぎりぎりの、自分でさえ持て余すような判断が必要になった時、瀬戸口なら道を探してくれるだろう。そう思わせる何かがやつにはある。

考えながら道を歩いていると、見慣れた姿が瓦礫の中に見え隠れしている。濡《ぬ》れ葉《ば》色というのか、艶《つや》のある黒髪の少女が今にも倒壊《とうかい》しそうなビルの廃墟《はいきょ》の中でうずくまっていた。

危険なことを、と思いながら来須はそっと少女の傍《かたわ》らに立った。

「何をしている?」

「猫……だめ……だった」

石津萌《いしづもえ》は顔も上げずに、息絶えた野良猫をじっと見下ろしていた。包帯《ほうたい》が巻かれ、傍らには救急《きゅうきゅう》セットが開かれている。例の爆発の巻き添えを食ったのか、腹部に巻かれた包帯には血がにじんでいる。

来須は手を伸ばすと、猫の死骸《しがい》を抱き上げた。

「ここは危険だ」

そう言うと、石津はこくんとうなずいた。

石津萌は小隊付きの衛生官《えいせいかん》だ。これまでに何度もひどいイジメに遭《あ》ったとかで、今でも満足にしゃべることができない。それでも隊のために衛生その他の環境を整えてくれている。地味だが、今では隊には欠《か》かせない存在となっている。

ふたりはしばらく連れ立って歩いた。猫の死骸を手にしたままの来須を奇異《きい》の目で見る者もいたが、来須はむろんそんなことは気にもしない。

奇跡的に鬱蒼《うっそう》とした樹木を保《たも》っている小公園に出た。石津は植え込みを指さした。

来須はうなずくと、猫の死骸を下ろし、超硬度《ちょうこうど》カトラスを引き抜き地面に穴を掘った。五十センチほど掘ったところで石津は黙ってうなずいた。

埋葬《まいそう》が終わっても、石津はしばらくその場にうずくまっていた。来須はその傍らにたたずんで、そんな石津の様子をじっと見守った。

「……ありがと」

しばらくして石津は立ち上がると、来須を上目《うわめ》遣《づか》いに見つめた。来須はなんと言ってよいかわからず、曖昧《あいまい》にうなずいた。

そのまま立ち去ろうとすると、袖《そで》を摑《つか》まれた。

「来て……」

袖を引っ張る手に力が籠もっているのがわかる。来須は石津に袖を取られるままに歩き出した。十分ほど歩くと、戦災《せんさい》を免れた迎町《むかえまち》付近の住宅街に出る。石津は集合アパートの前で足を止めると、一軒のドアを開けた。電力が通っていないのか、照明を灯《とも》しもせず石津は薄暗い部屋に上がると、カーテンを開けた。燦々《さんさん》とした午後の陽光が八畳《じょう》ほどの部屋に降り注いだ。

来須が玄関口に突っ立ったままでいると、石津はキッチンに身をすべらせて、

「わたし……の……部屋。上がって」

と声をかけてきた。来須は軍靴《ぐんか》を脱ぐと、居心地《いごこち》悪そうに室内を見渡した。フローリングの床は塵《ちり》ひとつなく磨き上げられ、鉄パイプで組まれた安物のベッドがひとつ、棚には石津の唯《ゆい》一《いっ》の「趣味《しゅみ》」である占星術《せんせいじゅつ》の本やら占《うらな》いに使う水晶《すいしょう》やら細々《こまごま》としたものが置いてあった。ポスターひとつ、カレンダーひとつ貼られていない壁には、ただ一着、光沢《こうたく》を放つ深紅《しんく》のベルベット地のワンピースがかかっていた。それだけが女子の部屋である証《あかし》のようだった。

来須がじっとワンピースに目を留めていると、背後に石津の気配がした。手にはティーポットとカップをふたつ載《の》せた盆《ぼん》を持っている。

「今は……着ないの」

「そうか」

「戦争が終わったら……着る……の。座って」

来須は一瞬、戸惑《とまど》った表情を浮かべたが、すぐにどっしりとあぐらをかいた。安物のガラス

製テーブルの上に紅茶が置かれた。どことなく薬臭い匂いがカップから立ち昇る。

石津は黙って紅茶をすすり始めた。来須もしかたなくつき合うことにした。

「砂糖は」

「……ハーブを混ぜてあるから。使わ……ないの」

「そうか」

何故《なぜ》ハーブを混ぜると砂糖がだめなのかはわからなかったが、来須も紅茶をすすった。なるほど石津はこんなものを飲んでいるのか、と思った。

長い沈黙の時が流れた。その間、来須も石津も黙って紅茶をすすっていた。

「……この世界は憎しみで満たされている……わ」

不意に石津が口を開いた。

「憎しみの中から……幻獣は……生まれたの。神々は……死にかけているの」

「……どうして欲しいと？」

来須は自ら思ってもいなかった言葉を口にした。

しかし石津は、来須を上目遣いに見つめるだけだった。

「俺は……」

来須は石津のまなざしを受け止めて言った。

「戦うことしかできん」

「来須さんは……この世界の憎しみを自分ひとりで……引き受けているから。大切な……必要な人……なの」

再び沈黙の時間。石津の部屋で時間がゆっくりと流れていった。

須さん？　石津に名前を呼ばれたのははじめてだった。しかし石津の言葉は、不思議と来須をなごませた。言葉の内容ではない。石津はどうしてだか、自分のために悲しんでくれているようだ。

来須は、口許をやさしげにゆるめた。

「速水《はやみ》君たちも……同じ。この世界の……憎しみや悲しみを、他の人の分まで背負《せお》っている」

速水君とは、小隊の三番機パイロットの速水厚志《あつし》のことだ。芝村一族の末姫《すえひめ》である芝村舞《まい》とペアを組んで驚異《きょうい》的な幻獣撃破数をたたき出しているエースパイロットだ。幻獣に血液が流れているとすれば、血にまみれたと表現しても差し支《つか》えないほど多くの敵を殺している。

「そうだな……救われんな」

来須は苦笑を浮かべた。救いなどないし、期待してもいない。苦笑する来須を石津は悲しげな目で見つめた。

「ご馳走《ちそう》になった」

来須が立ち上がると、石津も玄関まで送りながら言った。

「悪い運命から逃げて。来須さんなら……できるから」

「……やってみよう」

それだけ言うと、来須は背を向け、石津の部屋を後にした。二度、俺の名を呼んだな、と何故か自然に口許がほころんできた。

「なあ壬生屋《みぶや》、弁当はもういいから」

校門横の芝生《しばふ》に座って、瀬戸口は壬生屋未央《みお》と肩を並べて弁当を食べていた。司令室を出て校内をふらついているところを捕まってしまった。それにしても……壬生屋が自分のために用意してくれた弁当箱と壬生屋の弁当箱では中身に差があり過ぎる。

何故か自分の弁当箱には米の飯がぱんぱんに押し込まれ、鶏《とり》の唐揚《からあ》げやらイカリングやら魚肉ウィンナやらキンピラごぼうが、これでもかと詰め込まれている。壬生屋の弁当箱といえば、白米に梅干《うめぼ》しといった質素なものだった。

世にもつましい弁当を、壬生屋はきちんと正座して行儀《ぎょうぎ》良く食べている。

「うら若き乙女《おとめ》が日の丸弁当なんて泣けてくる。おまえさんはエースパイロットなんだから、一番うまいもんを食べる資格があるんだぞ」

そう言いながら瀬戸口は唐揚げを壬生屋の弁当箱に乗せる。

しかし壬生屋は、顔を上げてきっと瀬戸口をにらみつけた。

「いいえ、いいえ！　瀬戸口さんは怪我《けが》をしているんですから栄養をつけないと！　わたくしのことでしたら心配はご無用です。消化が良くてすぐにエネルギー分に変わるものを摂《と》るようにしているんです。それがパイロットの心得《こころえ》というものですわ！」

壬生屋は真っ赤になって熱弁《ねっべん》をふるった。壬生屋は戦場にあっては鬼神《きじん》のごとき働きを見せるパイロットだったが、今の壬生屋は純情《じゅんじょう》な熱血少女だ。

瀬戸口は閉口《へいこう》して、唐揚げを口に含んだ。

「けど、この唐揚げ、うまいぞ。たれに秘密があると見たな」

「え、そんなに上手《うま》く仕上がっていましたか？」

壬生屋の視線が弁当箱に乗せられた唐揚げに注がれる。どうしようかな、食べてみようかなという目になっている。

「最低限のたんぱく源はパイロットに必要さ」

「そ、そうでしょうか？　……やっぱり食べなければ？」

「ああ、俺の試算《しさん》では心身を酷使《こくし》する士魂号パイロットには女子一日あたり三千キロカロリーは必要と出た。本来なら弁当箱は逆だよ。さ、食べて」

壬生屋はちら、と瀬戸口を見てから唐揚げを口に運んだ。

「おいしいです！　……って自分で言ってはいけないんですよね」

瀬戸口が笑うと、壬生屋も「ふふふ」と穏やかに笑った。

「俺のために弁当つくってくれるのはありがたいけど、せめて同じ中身にしような。……ほら、あんなところで欠食《けっしょく》児童が指をくわえている」

はっとして壬生屋が振り返ると、二番機パイロットの滝川陽平《たきがわようへい》があわてて茂《しげ》みに隠れた。

「滝川さん」

「おおーい、滝川、出てこいよ」

ふたりが呼びかけると、滝川がきまり悪げに姿を現した。

「な、なんだかうまそうな匂いがしたから……。覗《のぞ》き見《み》するつもりじゃなかったんすよ」

「まあ、いいから。壬生屋手づくりの弁当だ。特別におまえにも分けてやる」

瀬戸口は滝川の掌《てのひら》に唐揚げとイカリングを乗せてやった。滝川はぐすりと涙ぐんだ。

「味のれんの親父《おやじ》は疎開《そかい》しちまうし、裏マーケットで食い物探してたら超合金合体《ちょうごうきん》ロボのレアもんがあったんで衝動買いしちまって……俺って馬鹿だよな」

瀬戸口と壬生屋は顔を見合わせて笑った。

ぐすぐすと涙ぐむ滝川の後ろ姿を見送りながら、瀬戸口はぽつりと言った。

「調子はどうだ？」

あらたまって尋ねられて壬生屋は怪訝な顔になった。

「ええ、良好《りょうこう》ですけど」

「だったらいいや」

「なんか……瀬戸口さんらしくありませんね。そんなあらたまって」

「ははは。傷つくな、それ。俺だってたまには可愛いハニーの調子を聞くさ」

「は、は、は、ハニー……」

壬生屋の顔がぼっと赤くなった。耳たぶまで赤くなって、弁当箱を取り落として顔を覆《おお》った。

「わっ、危ない！」

瀬戸口は間一髪《かんいっぱつ》、弁当箱を受け止めた。その拍子《ひょうし》に、壬生屋の膝に覆い被《かぶ》さった。「きゃっ」

と悲鳴があがって、あわてて膝を引こうとした壬生屋の体勢が崩れ、ふたりは芝生に倒れ込むかたちで重なり合ってしまった。

壬生屋の体温がじかに感じられた。温かい。生きている。瀬戸口はつかのま目をつぶった。

「あの……瀬戸口さん」壬生屋に呼びかけられて我に返ると、壬生屋に覆い被さるかたちになっていた。

「ああ、すまん」

瀬戸口がようやく身を離すと、壬生屋はすばやく瀬戸口の下から、ぱっとすべり逃れた。顔は……触ると火傷《やけど》しそうなほど火照《ほて》っている。

「弁当は無事だったな」

気まずい思いを振り払うように、瀬戸口はことさらに野暮《やぼ》なことを言った。

「急接近というところね、おふたりさん」

声がして、瀬戸口は苦い顔になった。よりによって彼女に見られるとは。原素子《はらもとこ》。

「ははは、誤解ですよ。ちょっとしたアクシデントでね」

「し、失礼しますっ！」

同じく原が苦手な壬生屋は、急いで弁当箱を風呂敷《ふろしき》に包むと、ぱたぱたと草履《ぞうり》の音を響かせ走り去った。

「あら、これじゃわたしが邪魔《じゃま》しちゃったみたいじゃない」

５１２１小隊整備《せいび》班班《はん》長の原素子は、心外《しんがい》なというように壬生屋の後ろ姿を見送った。

原は「整備の神様」と謳《うた》われる天才メカニックだったが、その辛辣《しんらつ》で時として悪趣味なギャグセンスを瀬戸口も壬生屋も大いに苦手としている。

「邪魔しちゃったんですよ。彼女、原さん苦手だから」

瀬戸口はさらりと言った。

「わたしは壬生屋さん好きなのに。片思いって辛いわよねぇ」

原は、ほっとため息をついてみせた。

「それはそうと、なんの用です？」

「新型の武尊《ぶそん》ね、あなたの分まで用意しておいたわ。マイナーチェンジした試作品《しさくひん》だけど、性能比は従来の一・二倍。オペレータ用の貧弱なウォードレスじゃもたないでしょ」

瀬戸口の顔色が変わった。何故、原が知っている？

「どういうこと……」

「善行さんから聞いたの。なんでも来須君と仲良くお出かけするみたいじゃない。瀬戸口君にも武尊を手配してくれって、そう頼まれたの」

まいったな、と瀬戸口は苦笑いを浮かべた。

「別に仲良くはないんですがね」

「そう？　けれどあなたには彼女がいるんだからね、浮気しちゃだめよ」

「原さんにはかなわないな」

ため息交じりに言う瀬戸口に、原は思い出したように言った。

「善行さん、あなたに期待しているわよ。その割には、あなた、出世《しゅっせ》に無縁《むえん》だけどね」

それはお互い様だと思いながら、瀬戸口は原の表情を見てはっとした。笑いは消え、真剣な顔つきになっている。

「しっかりね。お互いにこんな戦争で死にたくはないわ。任務《にんむ》のことについては知らないけど、真実を見極めて、善行さんを補佐《ほさ》してあげてね」


すでに時計は午前二時をまわっていた。

自衛軍演習場《えんしゅうじょう》。一機のヘリがローター音を響かせ、離陸《りりく》準備に入った。日本国軍の誇る戦闘ヘリ・きたかぜは機首に搭載《とうさい》された二〇ミリガトリング砲を物騒《ぶっそう》に光らせ、待機《たいき》している。機体には日の丸と、アホウドリを象《かたど》った部隊章がペイントしてある。

機内に乗り込むふたりを見送るのは、善行とウィチタだけだった。すでにブリーフィングは済んでいる。

善行とウィチタは黙って来須と瀬戸口に敬礼を送った。

「善行司令」

瀬戸口が呼びかけると、善行は首を傾げて耳に手を当てた。すさまじいローター音で聞こえない。瀬戸口はにやりと笑うと、「この古ギツネ……！」と叫んだ。

善行は耳に手を当てたまま、怪訝な表情を浮かべた。

隣席でむっつりと見ていた来須の腕が伸びて、瀬戸口を座席に引き込んだ。来須も同じく原が手配し、点検した武尊を着込んでいる。自衛軍の灰・緑・赤の迷彩は九州山地の地形にはふさわしくないが、そこまで手がまわらなかったのだろう。

「アテンションプリーズ、このたびはご搭乗《とうじょう》ありがとうございます……なんて言ってられっか！　そこのふたり、とっととシートベルトを締めておとなしくしてやがれ！」

操縦席《そうじゅうせき》から怒鳴《どな》り声が聞こえた。二十代後半ぐらいの髪を短く刈り込んだ中尉《ちゅうい》が、来須と瀬戸口をにらみつけていた。

「くそ、上のやつらよけいな任務を押しつけやがって！　しかもお客さんを目的地までお届けしろだぁ？　俺は遊覧飛行《ゆうらんひこう》のパイロットじゃねえ！」

「ご機嫌斜《きげんなな》めですね。けれど、俺たちに当たったってしょうがないですよ」

瀬戸口はにこやかに応じた。気持ちはよくわかる。戦地の、しかも山地での夜間飛行は清く正しいヘリのパイロットならば迷惑以外の何物でもない。気流が変わりやすい上に、複雑な地形への対応を迫られるからだ。

「ところで、その部隊章、もしかしてアホウドリですか？」

「アホウドリって言うな！　アルバトロスと言え！　ちっくしょう、よりによって五木川流域だと？　難易度Eの厄介なところだぜ」

べらべらとまくしたてながらも、機体は上昇をはじめ、機体の揺れはしだいに収まってきた。

「難易度E？　中尉殿《どの》はエースじゃなかったんですか？」

瀬戸口がにこやかに言うと、はじめて「エース」の顔に笑みが浮かんだ。

「ああ、新人にとっちゃな。俺は千田《せんだ》だ。怒るのが趣味だ」

「千田中尉は戦闘ヘリの補充《ほじゅう》がまったく行われていないので、機嫌が悪いのであります。二カ月前は十二機あった戦隊が今ではわずか三機に減ってしまったので」

助手席の兵が口を開くと、千田は思いっきりグーで殴りつけた。

「よけいなこと言うんじゃねえ！　きたかぜゾンビにスキュラ相手とくりゃ、俺たちの補充が最優先じゃねえかって言ってるんだ」

「……生産数が少ないんですか？」

瀬戸口が尋ねると、千田はしばらく黙り込んでから、答えた。

「そうじゃねえ。まともなパイロットが育っていねえんだ。新人が操縦する戦闘ヘリが二機、三機と補充されてもすぐに落とされちまう。ゾンビのやつらは中堅《ちゅうけん》並の技量はあるからな」

「空中戦は大変ですね」と瀬戸口。

同じ性能と技量なら、戦闘機でもヘリでも、一対二ならまず負ける。一対三だったら絶望的だ。陸の戦いとは異なる絶対的な厳しさがある。千田からの答えはなかった。

「さて、そろそろ夜が明ける」

瀬戸口が窓に目を向けると、東の空が白々《しらじら》と明け初《そ》めていた。西の空はまだ闇に包まれ、星が瞬《またた》いている。やれやれ、こんな時間に俺たちは何をやっているんだろうな。瀬戸口はつかのま窓の外を眺めながらぼんやりと思った。

「くだらねえしゃべりにつき合わせちまった。前にも言ったが、怒るのが俺の趣味でな。あと五分で目的地に着陸《ちゃくりく》する」

機体がぐん、と旋回《せんかい》をはじめた。眼前《がんぜん》に山地の緑に覆われた崖《がけ》が迫ってくる。このまま激突するのではと不安になるほどの迫力だった。

大胆《だいたん》に、そして細心《さいしん》な旋回を続けて機体は徐々に下降してゆく。ヘリは猫の額《ひたい》ほどの谷間を巧妙《こうみょう》に飛ぶと、地上……川原《かわら》から一メートルほどの高さでホバリングに入った。

はじめに来須が、続いて瀬戸口が地上へと降り立った。

「感謝しますよ！」

瀬戸口が叫ぶと、千田は敬礼のつもりか、むっつりとキャップに手をやった。

「死ぬなよ」

それだけ言うと、機体は急上昇し、みるまに遠ざかっていった。

来須と瀬戸口は、あらかじめベースと決められている洞窟《どうくつ》へと急いだ。ここで装備の再点検をし、後は目的地へ向かう。標的をどう捉《とら》えるかはこちらの判断に任されている。

「集落A、座標K10までおよそ二キロというところだな。残念ながら朝霧《あさぎり》が濃くなりそうだ。レーザーライフルだとまずいんじゃないか？」

霧はレーザー光線を屈折《くっせつ》させる。念のために瀬戸口には自衛軍の狙撃銃《そげきじゅう》が支給されていた。一般の兵が使うアサルトライフルとは別系統の長銃身の銃で三脚《さんきゃく》で固定する大げさなものだっだが、状況《じょうきょう》によってはレーザーより正確性に勝《まさ》る。

「霧は……？」来須が短く尋ねた。

瀬戸口は持参《じさん》の端末《たんまつ》を取り出すと、すばやくキーをたたいた。

「高気圧《こうきあつ》が大きく張り出している。Ｋ１０に到達するまでにはクリアな視界を確保できるはずだ」

来須はうなずくと、レーザーライフルを背負い、近接戦闘用のサイレンサ付きサブマシンガンを手に取った。


崖の上までひと息に登って、結界を抜け出すのが緑子《みどりこ》の密《ひそ》かな楽しみだった。周囲は鬱蒼とした樹木に覆われ、時折けものたちと出会う。けものたちの中には無言のものもいるし、緑子と対話できる者もいる。

この一帯が幻獣領になってから、森はよりいっそう生き生きとしている、と古くから村に住んでいる「じぃさん」に聞いたことがある。

普通の人間だったから幻獣に見つかれば殺されるのだが、熊を避けるようなものよ、とそのじぃさんは暇《ひま》さえあれば山へ分け入って山菜《さんさい》やキノコを採《と》ってくる。元は猟師《りょうし》だったというが、「普通」の人間であるじぃさんには今は銃は使えない。銃声を聞きつけたゴブリンが寄ってくる。「先生」に言われて緑子はじぃさんが出かけるたびにくっついていく。緑子がいればゴブリンと出合っても安全だからだ。

じいさんが畑を耕《たがや》している時は、ひとりでいろいろと出歩くようになった。川沿いに半日ほど南下して、別の結界に行ったこともある。ただその結界には彼女が見たこともないような武器がたくさんあって、男たちは皆ライフルで武装《ぶそう》していた。「北の結界から来たのか」と嫌《いや》みたっぷりに言われて、なんだかとっても嫌な感じだった。村の空気が全然違う。たまに幻獣から感じる憎悪《ぞうお》と同じものを感じた。

だから南の結界は避けて、じいさんに教わったように朝早くから山菜やキノコを採ってまわるのが緑子の楽しみとなっていた。

いつものようにキノコ採りのポイントで作業していると、藪《やぶ》を割ってふたつの影が目の前を通過していった。熊《くま》並の速さだったが、熊は普段《ふだん》はあんな速さで移動はしない。ゴブリンとも違うようだ。好奇心に駆られて、緑子はふたつの影を追った。下草の多い厄介な山道を、すべるように、高速で移動する。

これが自分たちの遺伝子に与えられた能力のひとつだという。

第五世代と呼ばれる人たちが、人とあまりに隔《へだ》たっているために「先生」はより人に近い遺伝子を持つ自分たちを生み出したそうだ。

もっとも彼女にとっては、「普通の人より足が速い」という程度の認識しかなかったが。先行するふたつの影は、極力音をたてないように疾駆《しっく》していたが、彼女も影たちがたてる音に合わせて移動していた。

不意に音が止まった。緑子も足を止め、慎重《しんちょう》にあたりをうかがうと背後に気配がした。振り向こうとすると、「そのまま」と男の低い声が聞こえた。

「驚いたな。追跡しているのが誰だと思ったら。お嬢《じょう》さん、ゆっくりとこちらを向いて」

陽気《ようき》な声が聞こえて、緑子が振り向くとやさしげな顔をした長身の男がにこりと笑った。

もうひとりの男は無表情にカトラスを自分の首に向けている。

どちらも迷彩を施したウォードレスを着ている。南の結界の男たちが着ているのを見たことがあった。

緑子の顔に一瞬、迷いが生まれた。このまま横っ飛びに跳《と》んで逃げるか？　それとも……。

「ああ、俺たちは別に怪しい者じゃない……って。十分に怪しいがね。逃げることを考えるんだったらよしたほうがいいな。こちらのこわい顔したお兄さんが黙っちゃいないから。そんなことより少し俺たちと話をしないか？」

瀬戸口が目顔《めがお》で尋ねると、来須はいいだろうというようにうなずいた。

適当な場所を見つけて瀬戸口は座り込んだ。少女にも座るようにうながす。見たところ普通の女の子だった。髪は短く切り揃《そろ》え、中学校の体育会系の部員のようだ。トレーナーにジーンズ。スニーカー。こんな女の子がウォードレスで高速移動している自分たちを追跡してきた。謎だ。第五世代というやつにしては若過ぎるし。もしかして連中は年を取らないのか？

「さて、質問その一だ。君は何者？」

瀬戸口はにこやかに尋ねると、ポシェットを探《さぐ》って板チョコを少女に差し出した。少女は首を傾げ、おそるおそる先端《せんたん》をぽっきりと折った。口に含むと、表情が少しだけ落ち着いてきた。

「木村《きむら》緑子。近くの村に……」

それだけ言うと緑子は押し黙った。なんと言葉を続けてよいかわからない。

「住んでいる、と。村にはどれぐらいの人が住んでいるの？」

「……二百人くらい。けど、この間、ふたり生まれた」

「生まれた？」

培養《ばいよう》ポッドを持っているのか、と瀬戸口は首を傾げ考え込んだ。来須はサブマシンガンを抱《かか》え、むっつりと周辺を警戒している。

「質問を変えるね。野間道夫という人を知っているかい？」

その名前を聞いて、緑子と名乗った少女の表情が変わった。当たりか？　瀬戸口は少女が殻《から》に閉じこもる前に、すかさず質問を重ねた。

「もしかして君のお父さん？」

「違う！　お父さんをやってくれる人は別にいる。先生はわたしたちにいろいろなことを教えてくれるの。村長と校長先生を兼《か》ねている」

「どんなことを教えているの？」瀬戸口は自己嫌悪に駆られながら、少女に尋ねた。相手は自分の知っている学兵たちよりさらに子供だ。

「五教科と、あと……戦争のこと」

「先生は戦え、と教えているのかな？」

しまった、質問を急ぎ過ぎたか、と瀬戸口は内心で舌打ちした。もし野間がなんらかの思想教育を施しているとすれば、少女の目には自分たちは敵と映るだろう。

「そんなこと全然……」

少女が口を開きかけたところで、来須の消音式《しょうおん》マシンガンが火を噴いた。藪が鳴って、ゴブリンが姿を現した。十体というところだろう、瀬戸口もすかさず立ち上がり、カトラスを引き抜くと襲いかかってきたゴブリンを一体、仕留《しと》めた。

その間、来須はほかのゴブリンすべてを掃討《そうとう》していた。

「……まずいな。逃げられた！」

瀬戸口が口を開くと、来須は無言でうなずいた。少女は消えていた。村とやらに駆け込まれたら作戦は失敗だ。

「追跡する」

そう言うと来須は村の方角に向かって駆け出した。瀬戸口もそれに続きながら、来須に話しかけていた。

「普通の女の子だったが。敵意のかけらもなかった。戦い慣れた様子もない」

来須も同感とみえ、うなずいた。

「あれだけの能力があれば、兵として育てられているはずなんだが」

「そうだな」

言いながらも、来須はぐんと速度を上げた。少女が村へ逃げ込むのはまずまちがいはないだろう。外部からの侵入者を知った村は大騒ぎになるだろう。ここは相手のホームグラウンドだ。共生派の兵が駆けつけ、自分たちは包囲《ほうい》され、野間はどこかへ逃げるかもしれない。少女が村に逃げ込む前になんとかしなければ。

「現在地は座標《ざひょう》Ｊ９。渓流《けいりゅう》沿いに道がある。待てよ……」

瀬戸口の声と同時に先行する来須が足を止めた。ふたりは渓流が流れる沢《さわ》を見下ろす位置を走っていた。川沿いを移動するのは山地での基本だった。とはいえ、無防備に身をさらすわけにもいかない。

案《あん》の定《じょう》、旧式のウォードレス互尊を着た兵がふたりの眼下を通り過ぎてゆく。少女が急報したか？　それにしては早過ぎる。

敵の数は十名というところ。来須のマシンガンなら片づけることができる。

しかし来須は動く様子がなかった。目を凝らして、じっと縦隊《じゅうたい》を見つめている。

なるほどな、と瀬戸口も納得した。敵はアサルトライフルを肩に背負って、なんら警戒する様子もなく進んでいる。その顔には緊張感のかけらもなかった。

「先頭のやつ」

来須が低い声で言った。三十年輩の大尉《たいい》の肩章を互尊にペイントした将校だ。おそらくこの男が第五世代というやつなのだろう。幻獣の味方であり、対話することもできるという。この男に守られているため、兵たちは警戒せずにいられるのだ。

「北上して熊本市内へ潜入するつもりか」

兵たちは典型《てんけい》的な学兵の装備を身にまとっている。旧式の古びたウォードレス、アサルトライフル。九六式小隊機銃を肩に背負っている者もいる。いかにもそれらしく、弾帯《だんたい》を上半身に巻き付けている。仮装《かそう》大賞ってところだな、と瀬戸口は薄く笑った。

連中をやり過ごすまでは動けない。大した敵とは思えぬが、先頭の男は要注意だ。第五世代の能力については秘密とされているが、中には幻獣に変身する能力を持つ者もいるという。そんな噂を聞いたことがあった。

少女は今頃、安全なところへ逃げているだろう。

見守るうち、先頭の男が何やら叫んだ。

兵たちはライフルを構え、散開《さんかい》をはじめた。

発見されたか？　まさかそんなことは、と思いながらも瀬戸口はサブの狙撃銃を構えた。

「ヘイ、ユウたち、ここから先は通行禁止ね」

歌うような節回《ふしまわ》しで、世にも気楽そうな声が聞こえてきた。来須と瀬戸口が思わず視線を交わすと、声は渓流のせせらぎを縫うように響き渡った。

「彼を殺してもプロブレムは解決しませんよ。蔦《つた》カズラ、ユウもやきがまわったものだねぇ」

蔦カズラと呼ばれた将校は、瀬戸口たちとは反対側の藪に目を凝らした。

「近いうちに人類側は海の向こうに追い落とされるだろう。何を今さら邪魔する？　河合《かわい》、おまえは裏切り者に荷担《かたん》するのか？」

裏切り者？　何が起こっているのか？　瀬戸口はもちろん、来須にも見当がつかなかった。藪が割れ、ふたりの目の前によれよれのコートを着た男が現れた。山道に迷い込んだサラリーマン？　しわだらけのスーツにネクタイ。顔はどこにでもいる三十代の男のもので、メタルフレームの眼鏡をかけている。その場に最もそぐわない格好の男だった。

しかし、男の目と口許には不敵な笑みが宿っている。

「彼は裏切り者ではないよ。憎悪は憎悪しか生まない。そのことに気づいている数少ないクレバーな第五世代さ。どうやら我々は……」

河合と名乗る男は、相手ににこやかに笑いかけた。瀬戸口のお株《かぶ》を奪うような余裕《よゆう》たっぷりの笑みだった。

「人間離れし過ぎて頭の中身までイカレてしまった──」

言い終わらぬうちに銃声が轟《とどろ》いた。

しかし河合は平然とその場に立ち尽くしていた。瀬戸口の目には、微かに河合の体がぶれたように映った。ぞっとした。河合とやら、あっさりと銃弾を避けている。自分たちはこんな連中を相手にするのか？　来須はと見ると、河合を凝視《ぎょうし》していた。

「今の、見えたか？」

「少しだけな」来須は短く応《こた》えた。

「どうしてもファイトするのかね？」

河合の声が一段、低くなった。眼鏡がきらりと光った。

これに呼応《こおう》するように蔦カズラと呼ばれた男の体に異変が起こっていた。ウォードレスが割れ、制服が裂け、その肉体のあらゆるところに無数の突起《とっき》が生じた。突起は名前のとおり、ツタのような触手《しょくしゅ》となり、顔だけがコアの部分、かつて腰であったあたりに張り付いていた。幻獣そのものだ……。そのグロテスクな様子に瀬戸口は息を呑《の》んだ。

来須が身じろぎする音がした。

「そろそろ」瀬戸口がささやくと、来須は「わかっている」とうなずいた。

「移動しよう。今なら大丈夫だ」

「ああ」

移動をはじめたふたりの背後で薄気味の悪い咆吼《ほうこう》が聞こえた。しばらくの間、銃声が聞こえていたが、やがてぱたりとやんだ。

何が起こったのか、起こりつつあるのか、来須にも瀬戸口にも考える余裕はなかった。残された時間はあと一時間半。この時間の間に目的の集落を視界に収め、野間を照準《しょうじゅん》に捉えねばならなかった。

武尊に装着された無線機から声が聞こえた。

「こちら本部です。状況を報告してください」

ウィチタの声だった。駆けながらふたりは視線を交わした。何故だ？　敵にも無線を傍受《ぼうじゅ》する設備があると考えてまちがいはなかった。具体的な指示こそなかったが、この作戦で後方と連絡を取る必要性はまったくないだろう。

瀬戸口がその旨を言おうとすると、来須の低い声が短く響いた。

「異状なし」

それだけ言うと、無線機のスイッチをオフにした。

瀬戸口が立ち止まると、先行する来須も足を止めて振り返った。

「……これは素人《しろうと》が立てた作戦だな。具体的にはウィチタお嬢さん。狐《きつね》だか狸《たぬき》だかわからんが、素人なりに心配になって見事にしっぽを見せてくれたってわけだ。というのが俺の考え。どうだ？」

瀬戸口の言葉に、来須も無言でうなずいた。

「俺たちは彼女に乗せられたってわけさ。まったく……準竜師が甘やかすから」

「……忘れろ。状況確認」

来須はそれ以上軽口には取り合わず、無表情に瀬戸口を見た。

「現在位置はＫ７。北西の稜線《りょうせん》沿いに移動すれば狙撃地点α《アルファ》、猟師小屋跡に出る。村を一望《いちぼう》の下《もと》に収めることができるはずだ」

アクシデントはあったが、運に恵まれたな、と思いながら瀬戸口は状況を確認した。すでに「アクシデント」は遠ざかっている。それにしても、よりによってウィチタにしてやられたとは。無線封鎖など、この種の一撃離脱《りだつ》作戦では基本中の基本だ。とはいえ、教科書には書かれていないから、現場の兵士の間での基本と言える。前線に出たことのない連中ほどしつこく報告を求めてくるものだ。

ウィチタは、準竜師は何を考えている？

その時、藪が鳴って、少女が青ざめた顔でふたりを見上げた。気配がまったくなかった。彼女が敵であったら……。さすがにふたりは唖然《あぜん》として、少女の言葉を待った。

敵意は相変わらず感じられない。どころか、少女のまなざしには哀願《あいがん》するような光があった。

「南の人たちが……河合さんが……」

河合さん？　先ほどのサラリーマンか？　瀬戸口が口を開こうとした時、来須が言った。

「あの男なら大丈夫だろう」

来須らしくもなく、少女に言い聞かせるような口調だった。

「南の人たちって？」今度は瀬戸口が尋ねると、少女はせっぱ詰まった表情で訴えた。

「椎《しい》ノ葉《は》結界の人たち。先生のこと、憎んでいるんです！　ゴブリンを引き連れてもうすぐ村に……！　先生、殺されちゃう」

少女は心底怯えているようだった。

してみると、ふたりが出会った一団は別働隊《べつどうたい》ということか？　河合さんとやらはまんまとオトリに引っかかったわけか？

「……案内を」

瀬戸口は耳を疑った。来須の声だった。

「待ってくれ。任務は？」

「……俺たちはまちがっていたようだ」

来須はそれだけ言うと、少女に先導《せんどう》されて駆け出した。瀬戸口も否応《いやおう》なく後に続く。まちがっていた？　何がだ？　自問しながら拠点とするはずだった地点へと接近していた。

はるか大昔に猟師小屋でも建てられていたのか、山の尾根《おね》を切り開いて地面を均《なら》した平坦《へいたん》な一画である。樹木《じゅもく》もまばらで、しかも村を一望できる絶好の地点だ。狙撃地点α、と作戦ではネーミングされている。

来須の腕が伸びて、先導する少女の肩を掴んだ。少女はビクリとして飛び上がった。

「軽油《けいゆ》の匂いがする」

匂い、と言われて少女は足を止め、くんと鼻をうごめかした。そして物問いたげに来須を見上げた。

「迫撃砲《はくげきほう》が据え付けられているな」

砲を手入れするための油の匂いが風上《かざかみ》から流れてくる。瀬戸口にとっても嗅《か》ぎ慣れた匂いだった。

「はくげきほう……」

「村に砲撃を加えるつもりらしい」

「どういうことだ？」瀬戸口は状況が呑み込めずに自問《じもん》した。

「俺にもわからん」

来須にも状況はまったくわからないようだ。どうやら少女の必死の訴えに本能的に反応しただけのようだった。しかし瀬戸口の目から見て、少女のまなざしに、嘘《うそ》はなかった。無垢《むく》で、純粋《じゅんすい》で、懸命《けんめい》なものだった。

「お願いです。先生を助けてください！」

先生とは野間道夫のことか？　共生派テロリストの首領《しゅりょう》が狙われているのか？　この少女もゆくゆくは兵士として養成されることになるのか？

「野間はテロリストの指導者と聞いているが……あー、お嬢さん、俺の言っていること」

言いかけたところで砲声が起こった。旧猟師小屋からだ。百メートルは離れていないだろう。来須はサブマシンガンを手に取ると、「この娘《こ》を頼む」とだけ言って駆け去った。

後に残された瀬戸口は、茫然《ぼうぜん》として少女と視線を交わした。下界《げかい》で立て続けに爆発音が聞こえる。対人用の榴散弾《りゅうさんだん》が、建物を破壊し、大地を削っている。

「……村が攻撃されている？」

瀬戸口がやっと言葉を発すると、少女はまなざしを光らせてうなずいた。

「テロリストってなんですか？」

尾根を下りながら少女が尋ねてきた。

「……爆弾を仕掛けて罪もない人たちを殺すような連中のことさ。野間は連中の指導者なんだろう？」

「嘘……！」

瀬戸口の言葉にショックを受けたのか、少女は立ち止まり瀬戸口をにらみつけた。

その時、微かな気配がした。瀬戸口は腰のホルスターに手をかけた。

「ああ、わたしにはその気はないんだがな。緑子さんの言うとおりだよ、ボーイ。野間さんはテロリストなんかではないね」

はっとして振り返ると、河合がにやりと笑いかけてきた。よれよれのコートは破れ、無惨《むざん》な様子になっているが、本人はさほど消耗した様子には見えなかった。

「無事……だったんですか？」

今回は間《ま》の抜けたことばかり言ってるな、と思いながら瀬戸口は河合を見た。この男が楽々《らくらく》と銃弾《じゅうだん》を避けた光景が目に焼きついていた。

「わたしたちの仲間に幻獣モドキに変身できる者は数多くいるが、ほとんどは人類が焦《あせ》ってつくり出した出来損《できそこ》ないで、何ほどのこともないさ。やつにしてもせいぜいがゴブリンリーダーほどの戦闘力しかない。その癖《くせ》、好戦《こうせん》的だから厄介なんだよ」

よくよく見ると、コートが不自然に垂れ下がっている。瀬戸口の視線を感じたのか、河合は冗談めかした口調で言った。

「こわい人たちが多いからね。護身《ごしん》用にナイフを持ち歩いている」

無造作にコートを開くと、内側にはホルスターに収められた超硬度カトラスがあった。

「急がないと……！」少女の言葉に、河合は首を横に振った。

「じきに砲声は収まるよ。村に入るのはそれからだ」

数秒後、砲声はぱたりと絶えた。来須が消音式マシンガンで敵を一掃《いっそう》したのだろう。してみるとこの男はあっさり敵を片づけ、俺たちのことを監視していたのか？　瀬戸口は、まいったというように苦笑して言った。

「ところで肝心《かんじん》な質問をひとつ。あなたは何者なんです?」

「愛と平和の戦士」

「……には見えませんがね」

「人を外見で判断してはいけないよ、ボーイ。これでもわたしには婚約者がいてね。彼女のためにも愛と平和を守らなければ、と日々戦っているわけさ」

再び爆発音が起こって、下界から悲鳴と怒号《どごう》が聞こえる。そんな状況というのに、河合は座り込むとタバコに火をつけ、のんびりした口調でしゃべりはじめた。

「わたしの婚約者は根っからの和平派でね。わたしも自動的に和平派というわけさ。彼女に惚《ほ》れていてね。見かけは無愛想《ぶあいそう》で色気のかけらもないんだが、取り柄《とりえ》と言えば口の悪いところぐらいかな」

「それって取り柄なんですか?」

下界の様子を気にしながらも、瀬戸口はつい相手の軽口に反応した。むろん、来須に任せておけば大丈夫との目算《もくさん》もある。

「わたしにとっては取り柄なのさ。時に……彼は強いねえ。迫撃砲の照準を調整して、今度は南の連中に砲弾を浴びせている」

「どうやらそのようですね。けれど、似合わないですね、婚約者なんて」

「よく言われるよ」

河合は眼鏡を光らせにやりと笑うと、携帯用灰皿に吸《す》い殻《がら》を収め、「さあ、そろそろ下へ降りよう」と言った。

村は無惨《むざん》に破壊されていた。家々は燃え、ぱちぱちと火のはぜる音が聞こえる。入り口とおぼしき路上には消滅しつつあるゴブリンの死体と、ウォードレスを着た兵が倒れていた。村の広場らしい空き地に、サブマシンガンを構えた来須がただひとりたたずんでいた。

「来須」

瀬戸口が声をかけると、来須は「ああ」と無愛想に応じた。

「村は無人だ。攻撃を察知していたようだ」

「そのとおり。わたしがいる限り、この村は家内《かない》安全商売繁盛《はんじょう》だよ」

瀬戸口は驚いて声のした方角に視線を転じた。河合の姿は傍らにはなく、ちょうど来須の背後に悠々《ゆうゆう》とたたずんでいる。振り向いた来須と視線を交わし、河合は笑った。

「ユウはナイスウォリアーだねぇ。何を勘違いして、こんなところにいるのかはわからないが」

これはいつでも背後を取れるとの明らかな警告だった。

第五世代のカトラス遣《づか》いか。並の人間ではない。来須は黙ってマシンガンを河合に向けた。

河合が眼鏡を光らせて笑った。

「無駄だと思うがね。不細工《ぶさいく》な変身はできないが、わたしは銃弾など問題と……」

来須は引き金《トリガー》を引いた。河合の体は一瞬ぶれたかと思うと、銃弾を避け、瞬《また》く間《ま》に来須の背後にまわった。これを予期していたとみえ、来須は体を回転させると強烈な蹴りを放った。虚《きょ》を突かれたらしく河合は大きく後ずさった。

ふたりは数メートルの距離を挟んでにらみ合った。驚いたことに来須はマシンガンを捨てると超硬度カトラスを引き抜いた。

「……ふむ。どうしてもやるというのかね」

河合もからかうように言うと、カトラスを抜き、悠然《ゆうぜん》とたたずんだ。

ふたりは五メートルほどの距離を置いてにらみ合った。河合の発する何かが、来須の闘争本能に火をつけていた。この男を放置しておけば、いつ人類の敵にまわるかわからない。そんな理屈《りくつ》も考えてみたが、すぐに打ち消し、脳内を闘争心だけで満たした。

河合がウォードレスの最も弱い部分を狙った隙《すき》に、相討《あいう》ちに持ち込もう。ウォードレスを突き抜けた刃は自分を傷つけるだろうが、同時に自分は相手の息の根を止めることができる。来須は最も確実な方法で河合に対処《たいしょ》しようとしていた。

河合の目が細まった。どうやら相手の心にも警戒心が芽生えたらしい。動揺《どうよう》、とは違うが、ある種の感情を起こした時点で相手の勝機《しょうき》は遠くなった。

ふたりが同時に動こうとした瞬間、少女がふたりの間に割り込んできた。河合と同じく、人間離れした動きだ。

「河合さんは……テロリストなんかじゃありません！」

大きく手を広げて来須の前に立ちふさがった。

ふうっと息を吐く音がして、河合はカトラスを鞘《さや》に収めた。戦意はない、というしるしだ。

来須はしばらく河合と少女を凝視していたが、同じくカトラスを鞘に収めた。

「降参《こうさん》だ。こんなところで殺し合ってもしょうがないね」

河合は少女の隣《となり》に立った。

「何が起こっている？」

来須が尋ねると、河合はふっと苦笑いを浮かべた。

「こちらのことなら状況は簡単《かんたん》。単なる仲間割れだ。南の村……椎ノ葉結界の連中は強硬な主《しゅ》戦《せん》派でね。兵を集めて、熊本市内に浸透《しんとう》している」

「わたしたちはその逆の立場でね」

声がして少女の顔が晴れやかに輝いた。来須と河合を残して声の方角に駆け寄った。

「先生……！」

写真で見たのと同じ男がたたずんでいた。痩せて、知的な雰囲気を漂わせた小柄な男だった。武器は持っていない。

「野間道夫……さんですね？」

瀬戸口が確認するように言った。その口調は丁重《ていちょう》なものだったが、ホルスターから拳銃《けんじゅう》を抜き、相手に銃口を向けた。万が一の場合は、来須が河合を食い止める盾《たて》となるだろう。状況が完全に判明していない以上、油断することはできなかった。

緑子の表情に怯えが走った。そのまなざしがちくと瀬戸口の心を刺したが、瀬戸口は敢《あ》えて無視すると笑みを消し、野間を見つめた。

野間は拳銃など意《い》に介《かい》さず、無頓着《むとんちゃく》にうなずくと、静かな口調で話しはじめた。

「幻獣共生派と呼ばれる者の中にも様々な考えを持つ人間がいてね。ひとつは今月一日に司令部ビルを爆破した、人類側と戦うことを主張する主戦派だ。第五世代の大部分と、人類側の領域《りょういき》で迫害《はくがい》され逃《のが》れてきた者から成り立っている。わたしたちは……」

野間は言葉を切って、少しの間、考え込んだ。

「和平を望んでいる。幻獣と共存し、人類とも共存したい。わたしは攻撃的で好戦的《こうせんてき》な第五世代の遺伝子を改良し、より人らしい世代をつくろうと考えている。この子がそうでね」

野間は少女の肩に手を置いた。

「幻獣とも対話することができ、しかも人として生きている。ユーラシア大陸での長く悲惨《ひさん》な戦争の体験を経て生み出された世代なんだよ。幻獣軍の九州上陸とともに、我々は培養ポッドを持ち込んで、九州山地の各所に拠点をつくった。そのひとつがこの結界だ」

「なんだか……」

瀬戸口は肩をすくめた。

「壮大なおとぎ噺《ばなし》に聞こえますね。今すぐ信じろと言われても無理ですよ」

「そうだろうな。君たちはわたしを殺しに来たのだろう？」

野間は穏やかに微笑んだ。

「ええ、あなたはテロリストの首領ということになっています」

こいつは一杯食わされたかな、と思いながら瀬戸口は会話を楽しむような口調になった。

芝村……ウィチタに乗せられてこんなところまで来てしまったが、お蔭で知りたくもないおとぎ噺を聞かされるはめになってしまった。幻獣の出来損《できそこ》ないのような怪物も出てきたし、サラリーマン風の第五世代というやつとも知り合いになった。そして目の前にいる男の風貌《ふうぼう》はまさしく「校長先生」だ。

しかし「校長先生」は、ふっと苦笑いを洩らして言った。

「なるほど、芝村らしい」

「どういうことです？」

「知らないほうが君たちのためにはよいと思うが。わたしを殺して任務を達成するか、さもなければこのまま君たちの世界に帰ることを勧《すす》めるがね」

野間は涼しげな顔で瀬戸口に言った。来須と一瞬、視線を交わす。来須はむっつりとした表情で首を縦《たて》に振った。

「ああ、俺もそのつもりだ」

瀬戸口は拳銃を収めると、「失礼」と野間に謝った。少女が安堵《あんど》の息を洩らした。

来須は無線機のスイッチをオンにすると、「作戦失敗。これより帰投《きとう》する」とだけ言った。

甲高《かんだか》い女の声が鼓膜《こまく》に響いてきたが、来須は何事もなかったかのようにスイッチを切った。

「ユウたちを安全なところまで送ろうと思ったが、どうやらそうはいかなくなったようだ」

河合の声が聞こえて、山《やま》の端《は》に不吉《ふきつ》な風切り音が響き渡った。ざわざわと尾根の樹木を騒がす音が聞こえ、こちらに近づいてくる。

「スキュラは」

来須が静かに口を開いた。

「俺が始末する」

「ならばわたしはミノタウロスを引き受けようかね」

来須と河合は互いの顔も見ずに、次の瞬間には駆け出していた。後に残された瀬戸口の腕に来須が投げたサイレンサ付きのサブマシンガンが収まった。次いで弾倉《マガジン》を受け取ると、瀬戸口はやれやれというようにかぶりを振った。

「ゴブリンが浸透してきます。先生たちは避難《ひなん》を」

瀬戸口がうながすと、野間は少女の手を引いて、半壊《はんかい》した公民館の地下へと降りていった。

なるほど、一応兵はいるんだな。いつのまに配置に着いたのか、瀬戸口は村の各所に巧妙《こうみょう》に隠された機銃《きじゅう》を発見していた。九六式の小隊機銃が三丁《ちょう》ほど、広場に照準を合わせていた。

「よろしくな」と瀬戸口は兵たちに手を振った。そして公民館の瓦礫の陰に隠れると、じっと敵の来襲《らいしゅう》を待った。

尾根へ駆け登ると、村へ村へと殺到するゴブリンの大群と出くわした。

来須はありったけの手榴弾《しゅりゅうだん》を投げ、密集した大群を削り、正面に立ちふさがるゴブリンを超硬度カトラスで斬《き》り散らしながら、頂上へと急いだ。案の定、ゴブリンの大群は村をめざしているようだ。

来須には構わず損害を受けてもなお尾根を下へ、村へと駆け下りていった。先頭の集団が村へ到達すると同時に小隊機銃の音が鳴り響いた。

なるほどよい配置だ。河合とやらが指導したのだろうと思いながら来須は視界にスキュラの巨大な姿を収めていた。距離は……一瞬、目算《もくさん》に迷うほど接近してきている。密生《みっせい》した樹林《じゅりん》の陰に隠れ、レーザーライフルを構えた。

空中要塞《ようさい》とも称されるスキュラのレーザー発射口がぼっと光ったかと思うと、下界へ、村へと吸い込まれていった。

スキュラの応援を得たものの、敵はこの種の制圧《せいあつ》作戦には不慣れであることがわかる。そのレーザーは機械化された装甲部隊や、堅固《けんこ》なトーチカ陣地にならおそるべき効果を発揮《はっき》するだろうが、まばらに散開している相手には効率が悪過ぎる。

これだったらきたかぜゾンビの編隊《へんたい》のほうがはるかに恐ろしい。

頭上に巨大な影が迫ってきた。来須はレーザーライフルの射角《しゃかく》を上げると、引き金を引いた。きゅん。独特な貫通音《かんつう》がして、空中要塞の腹の一点から炎が吹き上がった。

来須は身をひるがえし、すばやく尾根を移動した。村では絶え間なく機銃が鳴り響いている。猟師小屋跡に据え付けられた迫撃砲にはまだ残弾があるはずだ。

何気なく後方を振り返ると、スキュラはぐずぐずと部分的な爆発を起こしながら、村の方角へと急降下していた。来須は再びレーザーライフルを手に取ると、スキュラの横腹に撃ち込んだ。しかし急降下は止まらない。

失敗した。来須は祈るような思いで、下界の人間たちの幸運を願った。

瀬戸口の目にスキュラが煙を曳《ひ》きながらこちらに向かってくるのが見て取れた。

来須の狙撃は正確だったが、スキュラの構造がわからない以上、一撃で爆発するか墜落《ついらく》するか、自爆するか、運に任せるしかないだろう。

してみるとこれは最悪のパターンであるわけだ。瀬戸口は物陰から広場を埋め尽くすゴブリンを掃射しながら地下室に向け、叫んでいた。

「スキュラが墜落してきます。逃げてくださいっ!」

しかし野間からの返事はなかった。瀬戸口は舌打ちすると、地下室の扉を開け、闇の中を誰何《すいか》した。不意に手を掴まれた。少女のやわらかな手の感触がした。

「野間さんは……?」

「こっちです」

瀬戸口の問いには答えず、緑子は瀬戸口の手を取ると駆け出した。途中、したたかに頭をぶつけ、その場にしゃがみ込んだ。抜け道か? 「早く!」もどかしげな緑子の声。這《は》うようにして、進んだ瞬間、衝撃があり、すべてが闇の中に包み込まれた。

(まったくなんだってこんな目にばかり……)

瀬戸口は意識の中で悪態をついた。口に土と泥の味が広がった。呼吸は……まだ大丈夫だが、そろそろ危ないかもしれない。どうやらわずかな隙間《すきま》に恵まれたようだ。幸運に感謝しながらも、瀬戸口は内心でため息をついていた。腕が動かない。武尊に守られた腕は骨折《こっせつ》していることはなさそうだが、圧倒的な瓦礫、土の質量でピクリとも動かない。

少女は、野間は無事だったろうか？

そういえば……。瀬戸口はにやりと笑った。

声を出すのを忘れていた。

「……おーい、誰かいるか？　ここに超二枚目が埋《う》まっていますよー」

二度、三度、声をあげるうち、頭上で音がした。やがて、土が崩れ、ぽっかりと空が見えた。燦々とした日差しが差し込んで瀬戸口は目を細めた。何度も目をしばたたくうちに見慣れた無表情な顔がぬっと現れた。

「よお」

瀬戸口が声をかけると、来須はぼそりとつぶやいた。

「無様《ぶざま》だな」

「ふん。鉄橋の時の仕返しか？」

掘り起こされて、地上に出ると緑子が心配そうにこちらを見つめていた。

「この女が報《しら》せてくれなかったらおまえは死んでいた」

来須の声だ。瀬戸口はにやりと笑うと、来須に向き直った。

「この女、はないだろう。せめてこの子とか緑子ちゃんとか言ってやれよ」

「……」

「救われんやつだな」

応える代わりに来須は帽子に手をやった。

「無事で良かったです。あの……地下室でのことはごめんなさい」

緑子はペコリと頭を下げた。衝撃の瞬間、彼女はその人間離れしたスピードで生き埋めを逃《のが》れたのだろう。

「助かったよ、緑子ちゃん」

瀬戸口がにこやかに笑いかけると、緑子は照れて顔を赤らめた。

「敵は全滅したよ。ミノタウロスにはちょっと手こずったがね」

河合の声がした。広場の隅で野間を守るようにしてたたずんでいる。

「カトラス一本でミノタウロスと渡り合ったんですか？」

あきれ顔で尋ねると、河合は「イエス」と言って肩をすくめた。

「それがわたしの仕事だからね。そうそう三匹のミノタウロスを相手にしていたら、君たちのお仲間のヘリが加勢《かせい》してくれたよ。すぐに引き返していったがね」

千田のヘリだろう。時間を確認すると〇六〇〇をとっくに過ぎていた。千田は信じられぬものを見たはずだ。カトラス一本でミノタウロスと渡り合うサラリーマン風の男。なんだかなー、と瀬戸口は苦笑を浮かべた。

「思い出し笑いかい？　こんな状況というのにユウも肝《きも》が据わっているねえ」

「あなたには負けますよ」

「わたしが安全なところまでユウたちをエスコートしよう」

「男のエスコートですか。ぞっとしませんね」

瀬戸口が軽口をたたくと、河合はにやりと笑った。

瀬戸口の目に、避難場所から戻ってきた「村人」たちが映った。少女と同じ年頃の者もいれば、自衛軍、学兵の制服を着た者もいる。旧世代の老人たちの姿も目立った。

「彼らは？」

「どの彼らだね？」河合に問い返されて、瀬戸口は苦笑した。

「わたしたちの仲間さ」

河合にしては生《き》まじめな答えに、この男が持つ責任感・使命感のようなものが感じられた。

「これからどうするんです？」

瀬戸口は見送りに出た野間に尋ねた。

「結界を移動する。山地のさらに奥へ。……憎悪だけが支配するこの現実の中でわたしが話したことは単なるおとぎ噺だが、心にとどめておいてもらえばありがたいね」

「心の隅《すみ》にとどめておきますよ」

瀬戸口はそう言うと、背を向けた。来須も野間を一瞥すると無言で背を向ける。

「ああ、河合さん」野間が声をかけた。

「くれぐれも世間話《せけん》は」

「アイ・アンダスタン。口にチャックをしておきますよ」

そう言うと河合は、先頭に立って歩き出した。


「まったくあの男ときたら……」

若い女の声がした。瓦礫の陰から髪をひっつめた若い女性が姿を現した。野間は女に笑いかけると、「まあ、いいじゃないか」と言った。

「変わった男だよ、おまえの婚約者は」

「ああ、取り柄と言えば口と性格が軽いことぐらいだな」

「それを取り柄というのかね？」

「残念ながら……わたしにとってはな」

若い女は忌々《いまいま》しげに樹林の陰に消えた男を見送った。

「それで……おまえはこれからどうする？」

「……すべての努力は無駄に終わった。わたしは一介《いっかい》の医者として戦争の行方《ゆくえ》を見守ることにする」

若い女は不機嫌な、どこかしら沈んだ声で野間を見つめた。

「絶望と憎悪に満たされた世界、か。しかしこのままではわたしは終わらせない。わたしはこの世界を変えたいのだよ、娘よ」

「ふん。ユーラシア以来の口癖《くちぐせ》だな。せいぜいしぶとく生き延びることだな」

若い女はそう言うと、そっけなくきびすを返した。

「野間を処理するのは無理があったな」

薄暗い執務室で、準竜師は冷やかすようにウィチタを見た。

冷静なウィチタにしては珍しく、その表情に怒りが宿った。無理ではない。来須にその意志さえあれば、処理は簡単なことだった。

「彼らは少数で、孤立しています。武装も粗末《そまつ》なものでしょう。わたしには作戦の失敗が信じられません。来須、瀬戸口はあるいは……」

ウィチタの言葉は準竜師の高笑いに遮《さえぎ》られた。

「そう簡単に裏切り者をつくるな」

「しかし、彼らは知り過ぎました」

「ふむ。それならそれでよい。知り過ぎた者を処理するのは我々の鉄則《てつそく》だが、連中を放っておいても害はないだろう。この一件は終わりだ」

準竜師は一瞬、考え込む表情になった。ウィチタはめざとくその表情の変化を見とがめた。

「鉄則に例外はありませんが」

「俺は5121のファンなのだ。常にこちらの予想を裏切って、面白《おもしろ》い動きを見せてくれる。今回も十分楽しめたではないか」

「ファン……」

ウィチタが絶句《ぜっく》すると、準竜師は部屋を揺るがすような高笑いを響かせた。

尚敬校《しょうけいこう》に帰投した頃には夕刻を過ぎていた。新たに手配され、展開された整備テントには煌々《こうこう》と明かりが灯って、司令室の窓からも光が洩れていた。

「今日は疲れる一日だったな」

そうつぶやくと、瀬戸口は校舎裏の匂いを胸一杯に吸い込んだ。

機械油とたんぱく燃料と校舎裏の土の匂いが入り交じっている。この貧相で味もそっけもない風景こそが自分たちの帰るべき場所だ。

「ご苦労様です」

司令室のドアを開けると、善行が顔を上げた。事務処理用の端末に向かっていた加藤祭《かとうまつり》が彼らと入れ違いに司令室を出ていった。

「どうでした?」

あまりにのんびりした尋ね方に瀬戸口は傍らの来須をちらと見た。来須は無言で天井《てんじょう》を見上げている。

「真実のかけらのようなものに触れてきたと言いますか……。まあ、今の俺にとってはなんの役にも立たない真実ですがね」

瀬戸口が多少投げやりに言うと、善行は眼鏡を押し上げた。

「ああいう人々もいるのですよ。結界の守護者《しゅごしゃ》とも話しましたか？」

「……知っていたのですか、司令」

瀬戸口はさすがに憮然とした表情になった。下手をすれば死ぬところだった。あの河合さんとやらと戦っていたら最高の幸運に恵まれても一名帰還というところだろう。

「半島《はんとう》の戦線でね、不思議な日本語を話す人物に助けられたことがあります。まあ、今回の事件は闇から闇へ。何もなかったし、何も起こらなかった。芝村への義理は果たせましたから」

「……酷《ひど》い男だな」

来須がぼそりと言った。しかし、口許には笑みのようなものを浮かべている。

「来須。おまえさん、この悪趣味な冗談を気に入っているのか？」

あきれ返る瀬戸口を後目《しりめ》に、来須は善行を一瞥して言った。

「作戦は失敗。以上」

帽子のひさしに手を当てると、司令室のドアを開け、去っていった。

「それで瀬戸口君、あなたはどうします？」

善行の言葉に、瀬戸口はふうっと息を吐いた。

「司令がご存じな真実とやらを聞きたいですね。どうせ後戻りはできませんから」

けっこう、と善行は低い声で言った。

「この数カ月、人類側と幻獣側の間で秘密裏《ひみつり》に和平交渉《こうしょう》が行われてきました。人類側の交渉役を担《にな》ったのは芝村、幻獣側の交渉役は野間道夫をはじめとする交渉団でした。しかし戦争を遂《すい》行《こう》する組織というのは常に強硬派、主戦派が多数派を占めるものです。交渉は決裂《けつれつ》し、芝村の一部では一切の記録をリセットする必要があると考えるようになりました」

「……それがウィチタお嬢さんの立てた作戦ですね」

「ええ」

善行はこともなげにうなずいた。

「仮に俺たちが野間を処理《しょり》したら……」

「だからあなたを推薦《すいせん》したんですよ。来須君も独自の判断ができる人ですが、念のために。まあ、和平の種子《しゅし》はそう簡単には摘《つ》まれません。これはわたしの個人的な願望でもあります」

善行の話を聞き終えると、瀬戸口はほろ苦く笑ってかぶりを振った。芝村にだまされ、善行にだまされ、俺は世界一不幸な二枚目だな、とつぶやくように言った。

「不思議な……とても不思議な体験でしたよ」

そう言うと瀬戸口は司令室を出た。

薄闇の中から声がかかって、草履の音を響かせ壬生屋が駆け寄ってきた。トレーニングでもしていたのか胴着《どうぎ》に汗をにじませていた。

「瀬戸口さん……」

異常な体験をした後だった。壬生屋の顔がたまらなく懐《なつ》かしく思えた。俺の本来いるべき世界——。大げさな、と瀬戸口は心の中で皮肉に笑った。

「やあ、マイ・ハニー」瀬戸口が陽気に声をかけると、壬生屋の足が止まった。

「それ、やめてください。恥ずかしいです」

「ははは。まあいいじゃないか。さて、行くか」

瀬戸口は長身をそびやかすと、先に立って歩き出した。

「行くって、どこへ？」

「若宮から聞いたんだが、辛島町《からしまちょう》にラーメン屋が残っているらしい。開いているかどうかはわからないが、なんとなく行きたくなった」

ラーメン、と聞いて壬生屋はあきれたように瀬戸口を見上げた。

「そんな……とっくに疎開していますよ」

「まあ、散歩がてら行ってみよう。運が良ければ熱々のラーメンが食べられる。その気がなければ俺ひとりで行くけど」

「待って、待ってください……！」

壬生屋の甲高い声が響き渡って、ふたりの姿は薄闇の中に没《ぼっ》していった。

荒波小隊、危機一髪！

「ああ、馬鹿め、また機体をぶっこわしやがった」

荒波中佐《あらなみちゅうさ》はため息をつくと、司令《しれい》席にへたり込んだ。仰向《あおむ》けに派手《はで》に転倒して演習場《えんしゅうじょう》に無惨《ざん》に横たわる自衛軍《じえいぐん》の練習機を、一機の複座型《ふくざがた》が抱《かか》え起こしている。茶褐色《ちゃかっしょく》と緑の迷彩《めいさい》が施《ほどこ》された地味な機体には黄色で「土木《どぼく》一」とペイントされている。

「田中《たなか》ぁ、かまわんからうっちゃっとけ！」

荒波がメガホンで叫ぶと、複座型の拡声器《かくせいき》から返事が返ってきた。

「けどうんともすんとも言ってきませんから。パイロット、気絶してますよ。脳に障害とかあったら大変なことになっちゃいます」

「才能のないやつは死んでいい！」

荒波は駄々《だだ》をこねる子供のように怒鳴《どな》った。この上なく不機嫌《ふきげん》な司令のもとに、ひとりの少女が駆け寄った。土木二号操縦手《そうじゅうしゅ》の藤代《ふじしろ》だった。

「なあ、藤代、どうして自衛軍のパイロットってのはああなんだろうな」

「あの……司令だって自衛軍じゃないですか」

藤代は眼鏡《めがね》を直すと遠慮《えんりょ》がちに言った。荒波小隊の複座型二号機電子戦仕様《しよう》の操縦とオペレータを務《つと》める藤代は、生まれながらのお姉さん属性《ぞくせい》と言おうか穏《おだ》やかな性格の持ち主だ。子供のような性格の荒波をなだめる役に徹しているところがある。

「俺は別格の天才なんだからしょうがないだろう！　パイロットの選抜《せんばつ》基準が曖昧《あいまい》だって言っているんだ！　芝村《しばむら》の手を借りたくないのはけっこうだが、こいつは並の人間に動かせるシロモノじゃない！」

「わたしたちって……並じゃないんですか？」

藤代は心外《しんがい》だというように尋《たず》ねた。

「おまえらは俺がじきじきに選んだ。芝村準竜師《じゅんりゅうし》とかいう顔と態度のでかいやつに頼み込んで、やっとこさ揃《そろ》えたんだ」

ただし、女性限定でな、との言葉を荒波は呑《の》み込んだ。むろん、妙《みょう》な……誤解をされては困るからだ。女性限定としたのは、女性のほうが従順《じゅうじゅん》でねばり強く、荒波の考える作戦構想に合うと考えたからだ。その作戦とは、士魂号《しこんごう》乗りの比類《ひるい》なき大天才である自分が、単座《たんざ》型軽装甲《がたけいそうこう》に乗って敵を散々かき回し、追撃《ついげき》してくる敵を待ち伏せするというものだ。

「釣り野伏《のぶせ》」と荒波が名付けた戦術で、元々は戦国時代の頃《ころ》の薩摩軍《さつまぐん》のお家芸《いえげい》だ。敵を釣ってくる兵は精鋭《せいえい》中の精鋭である。敵を適当にあしらい、次《つ》いで敵から離脱《りだつ》してワナまで釣ってこなければならない。その役目は当然、自分だ。

待ち伏せ地点に待機《たいき》する機体は、ミサイルを搭載《とうさい》し、打撃力《だげきりょく》の大きな複座型でなければならず、そのパイロットとして荒波は四人の少女を選んだ。むろん……他にも候補はいたのだが、そこいらへんは、まあ、趣味《しゅみ》の範囲で選んだわけだ。

三月末の戦闘で荒波は負傷《ふしょう》し、以来、熊本《くまもと》市郊外《こうがい》の自衛軍の演習場で教官役を務めている。軍内の政治とやらには興味がないが、自衛軍士魂号部隊の創設《そうせつ》に関わっているのは芝村と対立する派閥《はばつ》らしかった。

当然、彼らは自前のデータベースからパイロット候補を探してくるのだが、士魂号開発の蓄《ちく》積《せき》をまったく持たない自衛軍にはその選択基準は単に戦車学校での成績でしかなかった。神経接続《しんけいせつぞく》をした途端《とたん》、悪夢《あくむ》に襲われコックピットで失神《しっしん》する者もいれば、二、三歩、歩いた途端フリーズする者まで。まともに歩行し、武器を使用できる者は選抜された十人のうちひとりでもいればよいほうだった。

こんな不毛《ふもう》な仕事をすでに一カ月以上、続けている。ふたりほど雛鳥《ひなどり》クラスを育てたが、それとて歩行速度は亀《かめ》より遅く、武器を構えるまでタバコを一服《いっぷく》と、気の遠くなるような時間がかかる。荒波や田中らが何度も手本を示すのだが、まったく成長の兆《きざ》しが見られなかった。

「司令、基地《きち》司令官がお呼びです」

藤代の声に我《われ》に返った。受話器《じゅわき》を渡されて荒波はしぶしぶと受け取った。閑職《かんしょく》で負傷した身を休められるのはありがたかったが、司令官の岩熊大佐《いわくまたいさ》はことあるごとにパイロット養成《ようせい》の遅れについて文句を言ってくる。

「調子はどうだ?」

「全然だめですね。頼みますから、妙な派閥意識は捨てて芝村に頭を下げてくださいよ。現状のままではわたしはまったく責任を感じようがありませんから」

荒波はぬけぬけと言った。

自分が芝村準竜師のもとへ出向き、頼み込んでくるというのを血相《けっそう》を変えて止めたのは大佐たち……いわゆる反芝村派の指揮官《しきかん》たちだった。士魂号の貸与《たいよ》だけでも悔《くや》しかったのだろう。どうやら自分たちでも士魂号モドキを開発するべく、プロジェクトをはじめているらしい。

「……相変わらずだな。実はな、ウチの試作《しさく》実験機小隊が壊滅《かいめつ》した」

「壊滅、ですか？」

思わず耳を疑った。聞き慣れない表現に、荒波は顔をしかめた。

「たった今、栗田《くりた》中尉《ちゅうい》から報告が届いたところだ。菊池《きくち》方面に展開《てんかい》していた小隊機《しょうたいき》が有力な中型幻獣《げんじゅう》を含む敵と遭遇《そうぐう》してな、二機とも大破《たいは》した。中尉はじきに戻ってくるだろう」

栗田中尉とは、試作実験機小隊の司令だ。パイロットは芝村のデータから、自衛軍に勤務《きんむ》している者を選抜して辛《かろ》うじて三機編成の小隊をつくった。とはいえ、一機は五月一日の戦闘で大破し、ここ数日は二機の軽装甲で各地を転戦していた。

わずか数日の寿命《じゅみょう》だったか、と荒波はしぶい表情になった。

「気の毒に。戦線投入《とうにゅう》を急ぎ過ぎましたね」

これが荒波の正直な感想だった。どっちみち九州《きゅうしゅう》の戦いは負《ま》け戦《いくさ》となる。ならば、本土に温存《おんぞん》して訓練を重ねるべきだった。新しいオモチャですぐに遊びたがる子供のような上層部《じょうそうぶ》を荒波は苦々しく思っていた。

「勘違いするな。君の感想が聞きたいわけではない。そこで我々としては急遽《きゅうきょ》、小隊を再編成することに決定した」

「と言いますと？」

「君の下で二機の複座型が遊んでいるだろう。その二機を試作実験機小隊に配属する」

開いた口がふさがらなかった。

「だめです。彼女らはわたしの子飼《こが》いの部下たちですから」

「これは命令なのだ。君には今までどおり教官役に専念《せんねん》してもらう」

そう言うと岩熊は電話を切った。くそ！　荒波は荒々しく受話器をたたきつけた。

ちょうど茶を運んできた藤代がびくっとして、盆《ぼん》を取り落としそうになった。

「どうしたんですか、司令？」

「なんでもない。そんなことより、一八〇〇《イチハチマルマル》に士官食堂に集合」

「……わたしたち十翼長《じゅうよくちょう》は自衛軍でいえば下士官《かしかん》なんですけど」

十翼長は自衛軍でいえば下士官クラスにあたる。士官食堂は利用できない。しかも学兵には
なんとなく肩身が狭く感じられる。

「かまわん。俺は常々《つねづね》、士官と下士官のメニューの格差に腹を立てていたところだ。食券なら
大量に余っている。今夜は存分《ぞんぶん》に食わせてやる」

「司令、なんだか視線が痛いですよ」

田中が声を潜《ひそ》めてささやいた。ただし、口だけは旺盛《おうせい》に動かしている。

荒波のテーブルには自棄《やけ》になったように所狭しと料理が並べられていた。ヒレかつにチンジ
ヤオロウスー、フルーツポンチに餃子《ギョウザ》にとメニューにあるものをありったけ頼んだような感

じだ。四人の少女は居心地《いごこち》が悪そうにきょろきょろとあたりを見まわした。

「痛い視線ってのはどれだ？　ああ、あいつか」

荒波はこちらをとがめるように見つめている補給部《ほきゅうぶ》の将校《しょうこう》たちをにらみつけた。

「おい、この娘たちに色目使っても無駄《むだ》だぞ。補給屋ごとき、鼻にもひっかけん」

「司令……」藤代がオロオロして、ささやく。

「下士官には専用の食堂で食事させて欲しいものですな。ここは軍隊ですから」

生白い顔をした中尉がむっとして言い返した。他のテーブルの将校たちは何事かと成り行きを見守っている。

後方《こうほう》勤務の連中《れんちゅう》ほど特権や階級に敏感《びんかん》になる……そこが前線で命を張って戦っている将兵と大いに違うところだ。荒波はそうした連中を嫌っていた。

「馬鹿たれ。きいた風な口をきくんじゃない！」

荒波は餃子を手に取ると、はっしと中尉に投げつけた。餃子は見事に中尉の額《ひたい》に当たり、破《は》裂《れつ》する。補給部の中尉は茫然《ぼうぜん》として、額に張り付いた餃子の皮をはがした。

「……正気ですか？」

「まったくもって正常。今日の俺は機嫌が悪くてな。なんなら外で決着を着けてもかまわんぞ」

荒波は余裕たっぷりに笑った。

椅子《いす》を蹴立《けた》てて補給部の中尉は立ち上がった。あわてて同僚《どうりょう》が止める。荒波は格闘技《かくとうぎ》の名手だ。それが好《この》んでトラブルを求めている。下手《へた》をすれば大怪我《おおけが》をしかねない。

同僚に耳打ちされた将校は青い顔をして食堂を後にした。それを汐《しお》に、士官たちは三々五々《さんさんごご》、食堂から姿を消した。後には荒波と四人の女子が残された。

「なんだか静かになりましたね」

土木一号の田中が先ほどのトラブルなど忘れたかのように、ヒレかつにかぶりついている。操縦手の村井《むらい》のフォークがヒレかつに伸びるのをナイフではねつけた。

「だめ！　わたし、ヒレかつ好きなんだから」

「独占、ずるいよ。わたしだって好きなんだよ」

ふたりはフォークとナイフでチャンバラをはじめた。

二号機の藤代と島《しま》はそんなふたりを無視するように、黙々《もくもく》とチンジャオロウスーを平らげている。操縦手にはまじめで几帳面《きちょうめん》な子を、砲手《ほうしゅ》にはそれなりに積極的な性格の女子を選んだつもりだが、けっこうカラーが出るもんだな、と荒波はワイングラスを傾けながら考えた。

「……けど、どういう風の吹きまわしですか？　司令がご馳走《ちそう》してくれるなんて」

藤代の穏《おだ》やかな声が聞こえた。

「これまでだって散々《さんざん》おごってやったろう。俺は太《ふと》っ腹《ぱら》の司令だからな」

「それはそうですけど、さっきのあれ、普通じゃなかったですよ」

田中が口をもぐもぐさせながら言った。非難がましい目でないのが、荒波にはまたぐっときた。完全に自分を信じきっている目だ。

「あー、よく聞くように。……土木一号及び二号は明日付で試作実験機小隊に配属されることとなった。おまえらの身分はこれまでどおり自衛軍への出向《しゅっこう》というかたちだが、臨時《りんじ》に栗田中尉の指揮下に入ってもらう」

荒波は表情を殺して淡々と言った。

テーブルが一瞬、静まった。それまで旺盛に咀嚼《そしゃく》し、平らげていた音がぷつりと消えた。

「……どういうことですか？」

藤代がやさしげなまなざしを曇《くも》らせて見つめてきた。

そんな目をするな、藤代。荒波はぐっとワインを飲み干《ほ》した。

「試作実験機小隊の二機がやられちまった。パイロットはなんとか助かったようだが、自衛軍には余分な機体はない。そこでアホ司令官が考えたのがおまえたちの転用《てんよう》というわけだ」

「だったら、その下手くそな小隊はなくしちゃって司令がまた戦線に出れば……」

言いかけて田中は口をつぐんだ。荒波の厳しい表情に気がついたのだ。

「俺も軍人のはしくれだからな。命令は絶対だ」

荒波は低い声で言った。これまでが順調過ぎたのだ。隊を解散《かいさん》して、自分は教官に、そして部下たちはその助手として後方に横滑《よこすべ》りした。熊本城攻防戦《くまもとじょうこうぼうせん》の時も「温存」され、戦線のはるか後方に待機していた。

絶対に部下たちを死なせない。そんな思いが、知らず自分たちの処遇《しょぐう》への甘えとなっていたのではないか。あらためて過酷《かこく》な現実に直面した思いだった。しかし……。

「なーんてな。はっはっは」

荒波は厳しい表情を崩して不敵に笑った。大天才は過酷《かこく》な現実をも超越《ちょうえつ》する。

「しみじみモードはこれまで！　命令は絶対だ、なんてのは俺には似合わん。アニメの軍隊モノじゃないんだからアホな命令には適当な抜け道を探せばいい。なんたって俺は――」

「赤い狐《きつね》でしたっけ？」

田中がすかさず荒波の言葉を引き取った。これだ。これが荒波小隊というものだ。

「馬鹿め！　赤い旋風《ローテンシュトルム》だろう。田中、おまえはいつになったら覚えるんだ？　とりあえず、おまえらはなんたらって中尉につき合ってやれ。後のことは俺に任せておけ」

「なんたらって中尉って……。栗田中尉の名前は知っているでしょう？」

藤代がたしなめるように言った。

「ああ、天才に人の名を覚える能力は必要ないのだ。その、なんたら中尉は自衛軍のエリートというやつでな、司令官としてはやつに手柄《てがら》を立てさせたいと考えている」

栗田中尉は基地司令官が属する派閥の若手エリートだった。芝村に遅れを取った人型戦車《ひとがたせんしゃ》のエキスパートとなることを期待されていた。同じ基地に属するため、何度も顔を合わせているが、荒波にも礼儀《れいぎ》正しく、決して悪いやつじゃなかった。

「あの……司令。なんたら中尉が来てますよ」

田中がおそるおそる荒波にささやいた。

振り返ると、栗田中尉がこちらに歩み寄ってくるところだった。背格好《せかっこう》は荒波よりひとまわり大きく、武骨《ぶこつ》で生まじめな印象を与える。

映画やアニメから抜け出てきたような軍人だな、と思いながら荒波は手を挙《あ》げていた。

「よお、なんたら中尉」

「は……？」

中尉の顔に怪訝《けげん》な色が浮かんだ。それでもつかつかとテーブルに歩み寄ると、

「面目《めんぼく》もありません」と詫《わ》びるように言った。

荒波はじっと中尉を見つめると、皮肉《ひにく》な笑みを浮かべ、ずばりと言った。

「どうせ攻勢的任務とやらを試してみたんだろ？」

その言葉を聞いて、中尉はがくりと肩を落とした。

「だから言っただろう。今の試作実験機小隊のスキルじゃ、陣地《じんち》に籠《こ》もって移動砲台《いどうほうだい》やるしかないってな。露出《ろしゅつ》した状況《じょうきょう》で敵に攻撃かけるなんざ一万年早いってんだよ！」

兵でも戦車でも、訓練が不足し、技量未熟《ぎりょうみじゅく》な場合、最も有効な戦術は拠点防御《きょてんぼうぎょ》だ。決められた持ち場で攻めてくる敵を迎え撃つ。入念《にゅうねん》に陣地をつくって、遮蔽物《しゃへいぶつ》に守られて戦うのが最良だった。これを防御的任務と呼ぶ。試作実験機小隊の演習《えんしゅう》を見た荒波の講評《こうひょう》が「防御的任務には辛《かろ》うじて使用可能」というものだった。

「追撃《ついげき》の途中、待ち伏せに遭《あ》いまして……」

栗田中尉は暗い顔で言った。自然休戦期を前に少しでも幻獣撃破《げきは》数を増やしておきたい、というのが上層部の意向《いこう》だった。そしてまったく畑違《はたけちが》いの試作実験機小隊を任された中尉の願《がん》

望《ぼう》であったろう。

「まあいい。あんたも上からいろいろ言われていたろうからな。こいつらを一時預けるが、ひとりでも死なせたら俺は」

あんたを殺すよ、と荒波は気迫《きはく》を込めて中尉をにらみつけた。

「司令、それぐらいで」

藤代が見かねて荒波をなだめた。荒波は、ふうっと息を吐くと、

「……というわけだ。へっぽこ中尉」不機嫌極まりない表情でそう言った。

「今回の任務は極めて簡単かつ明快《めいかい》なものだ。5121小隊が掃討《そうとう》した後の戦場で、警戒態勢《けいかいたいせい》に入り、残敵《ざんてき》がいれば掃討する」

栗田中尉の声を聞きながら、田中は違和感《いわかん》に悩まされていた。荒波司令の声が聞こえない。生まじめな中尉になんと反応していいかわからなかった。

「了解《りようかい》です」

土木二号の藤代のそつない声が聞こえた。しかたなく田中も「はぁい」と返事をしてから、無線の周波数《しゆうはすう》を5121小隊のものに合わせた。

「そんなっ！　無理です。自衛軍のあの部隊では……」

きんとした声が鼓膜《こまく》を刺激して、田中は耳を押さえた。

「壬生屋《みぶや》の言うとおりであろう。熊本市内への突入をはかるべく、菊池戦区にはしきりに中型

幻獣が出没《しゅつぼつ》すると聞いている。ここは政治的な思惑《おもわく》は抜きにして向かうべきと思うが」

冷静で低い少女の声が聞こえてきた。きっと芝村さんだ、と田中は思った。

「しかし、阿蘇《あそ》戦区の状況はさらに深刻ですよ。ご存じのとおり、あの方面にはしばらくなりを潜《ひそ》めていたスキュラの存在が確認されています。我々が一撃を与えねば、敵戦力はますます増強《ぞうきょう》されます」

今度は淡々《たんたん》とした男性の声が聞こえてきた。なんだか難しい話をしているなぁ、と田中はぼんやりと思った。

「昨日の全滅を分析する限り、自衛軍には政治的な思惑があるのではないか？　あるいは焦《あせ》りと言うべきか？　あれはどう考えても無理な追撃だった」

あら、芝村さん、試作実験機小隊のこと知っているんだ。だから助けてくれるのかな、と田中はその言葉に耳を傾けていた。

そういえばわたしたち、どこへ行くんだっけ？

どうも久しぶりの戦場で、勝手が違って、肝心《かんじん》なことを聞き逃《のが》してしまったらしい。田中は小声で操縦席の村井に声をかけた。

「ねえ、中尉はどこで戦うって言ったっけ？」

「……しっかりしてよ。菊池戦区でしょ。５１２１小隊が戦った後を引き受けるって作戦じゃん。それで大した敵は残っていないから、簡単かつ明快だって中尉さんが」

「簡単かつ……かつ……ねえ、昨日のヒレかつ、おいしかったなー」

「おまえは食欲魔人《しよくよくまじん》かっ！」村井が操縦席からあきれたように叫んだ。

「なーんてオヤジギャグ飛ばしてる場合じゃなかった！　今、５１２１小隊の無線を聞いていたんだけど、菊池に向かわないで阿蘇に行くみたいだよ。それでこの小隊には荷が重過ぎるって揉《も》めていた」

「……それってやばいじゃん」村井は操縦席で、ぶるっと身を震わせた。

「栗田中尉、今、５１２１の無線を傍受《ぼうじゅ》したんですけど、どうやら５１２１さんは予定を変更して阿蘇戦区へ向かうようです」

田中が連絡するより先に藤代の声が無線機から聞こえてきた。元々、オペレータ代わりとして戦場の様々な情報を集めていたのは藤代だ。

「……そのようだな」

しばらくして栗田中尉の押し殺したような声が聞こえた。

「菊池戦区にミノタウロス八、ゴルゴーン八を確認。スキュラらしき敵も急行しているようです。あの……わたしたちだけじゃ無理です」

藤代は続けて言った。むろん、中尉の指揮車のオペレータも同じ情報を得ているだろう。

「すまん」

中尉の言葉に田中は耳を疑った。わたしたちに謝《あやま》っているのか？

「どうしても上層部はわたしに手柄を立てさせたい意向のようだ。５１２１の転進の責任はすべて昨日のわたしの失敗にある」

中尉の言葉に田中は思わず叫んでいた。

「謝ってもしょうがないです！　どうするんですか？　わたしたちだって、穴掘って隠れて、敵を不意討ちすることしかできないですよ！」

重苦しい沈黙《ちんもく》の時が流れた。指揮車オペレータの声が切迫《せっぱく》した様子で状況を報告する。

「現在、敵主力は現在地の北方二キロ地点で戦闘中。陣地守備の隊からしきりに救援要請《きゅうえんようせい》が送られています。友軍《ゆうぐん》の兵力は戦車随伴歩兵《スカウト》五個小隊」

「……一号機、二号機は降車《こうしゃ》。一キロ進んで警戒待機」

中尉の声は落ち着いたものであったが、その命令は中途半端《ちゅうとはんぱ》なものだった。

「警戒待機って……。友軍が襲われています。小型幻獣はその何十倍もいるでしょうから、じきに全滅です」

藤代の声に焦《あせ》りの色がうかがえた。中型幻獣締めて十六。だったらゴブリンなどの小型幻獣は確実に三百体を超えるだろう。歩兵ひとりあたり五体の小型幻獣。中型幻獣となると適切な火力《かりょく》を装備した二、三個小隊でやっとミノタウロス一を相手にできる計算だ。このあたりの計算は荒波から徹底して教わった。

そして自分たちは……。田中はぐっと唇を噛み締めた。ミノタウロス一に対して、二機合わせて〇・七。俺だったら百。司令はそう冗談めかして言ったものだった。だから大天才の俺と愛機ローテンシュトルムにすべて任せなさい、と。

トレーラーが停止した。田中の耳に友軍の砲撃《ほうげき》が聞こえてきた。すぐ目の前で、ロケット砲の一個小隊が前線に向けて射撃をはじめていた。

小型ミサイルが風切り音を響かせて最前線《さいぜんせん》へと吸い込まれてゆく。

「降車するよ」村井に言われて、田中ははっと我に返った。

「司令が……きっと司令が助けに来てくれるっ！」

叫んでしまってから、田中は後悔《こうかい》した。どうしてわたしってこう考えなしなんだろう。そんな都合《つごう》のいいことあるわけないじゃん。

しかし、次の瞬間、共鳴《きょうめい》するように藤代の声がコックピットに響き渡った。

「そうよ！　司令がわたしたちのこと見捨てるわけない。前線に向かいましょう。自分たちにできる限りのことをやろうよ！」

あのオットリした藤代が切れた？　田中は「ごめん」と言ってから、

「そりゃ無理だって。ここでおとなしく待っていようよ。敵が来たら戦わなきゃならなくなるけど……そうだ！　穴を掘って待ち伏せしていよう！」

「だめ！」

またしても藤代の声だ。司令、助けて。藤代、完全に切れちゃっている……。田中は深々とため息をつくと、中尉に通信を送った。

「わたしたち、ここで展開します。それでいいですよね？」

「あ、ああ、かまわん。そうだな、現状では待ち伏せが最も適切だろう。すぐに展開」

「はぁい」

返事をすると、一号機は降車して道路わきへ足を踏み入れた。と、一号機の背後を地響きをあげて二号機が走り抜けた。

マジ？　田中は茫然《ぼうぜん》として藤代に通信を送った。

「だめだよ、藤代！　今のまんまじゃ死にに行くようなものだよ！」

「だったら一号機もつき合って！　友軍から何度も何度も救援要請が入っているの。田中、わたしたち、これまで司令におぶさって楽ばかりしてきた。ずっと基地で楽をしている間に、何千人も何万人も死んでいたんだよ。それでいいの？　それで戦争が終わって生き延びてよかったねで済むの？」

藤代の言葉に田中はショックを受けた。藤代、オットリと穏やかな顔してずっとそんなこと考えていたんだ……。わたしは何も考えずに、毎日ぼんやりと過ごしてきた。

同じ年齢の友人に、はっきり差をつけられた感じがした。

わたしって……馬鹿だ。藤代も馬鹿だけど、藤代の馬鹿はきらきらと輝いている。

「どうする？」

そう尋ねる村井の声には張りがあった。あ、同じこと考えているんだなと田中は思った。

「決まってるじゃん。二号機を見殺しになんてできないよ。土木一号、発進──！」

二機の複座型は地響きをあげ、前線の方角へと消えていった。

田中の目に映ったものは、蹂躙《じゅうりん》され、小型幻獣の大群で埋め尽くされた塹壕《ざんごう》陣地だった。わずかに残る塹壕とトーチカ群がなお機銃音を響かせている。周囲は生体ミサイルの爆発音で満たされていた。どうやらミノタウロスは陣地に一撃を加えた後、生体ミサイルを発射するゴルゴーンを護衛《ごえい》するために後方へ下がったらしい。

アサルトライフルで小型幻獣の掃射をはじめた二号に続いて一号も前線の掃除《そうじ》にかかった。百体以上のゴブリンが塹壕に折り重なるようにして倒れ、消滅する。これに勇気づけられたか友軍の機銃音も激しさを増したようだ。

「じきに中型幻獣が引き返してきます。三分後に撤退してください！」

藤代が拡声器から友軍に呼びかけた。その間にも田中の一号機は片っ端《かたっぱし》から小型幻獣をなぎ倒し、踏み潰してゆく。生体ミサイルが至近距離《しきんきょり》で爆発した。強酸《きょうさん》が一号機突撃《とつげき》仕様に降り注ぐ。装甲が腐食《ふしょく》される嫌な匂いを嗅《か》ぎながら、田中は藤代に通信を送った。

「迎え撃つのは×《バツ》だからね！　わたしたちにできるのは撤退支援《しえん》だけだからね！　馬鹿藤代、頭、どうかしちゃったんじゃない？」

「あんたはできることもやろうとしなかったでしょ？」

すぐに返事が返ってきて、田中は憮然となった。撤退支援ならできる。ミノタウロスに追いすがられても最高速度は五十キロの差がある。だとしたら、冷静さを失ってキレていたのはわたしか？

不意に五百メートル先で爆発音が響いた。

田中が視点をめぐらすと、一体のミノタウロスが炎を上げて倒れ伏すのが見えた。その背後二百メートルほどの窪《くぼ》みから軽装甲が一体、身を起こした。右手に装着《そうちゃく》したジャイアントバズーカを投げ捨ててから拡声器で呼びかけてきた。

「だからぁ、やばいって！　すぐに逃げろ。スキュラが一体、北東から来る。ぐずぐずしてっとミノタウロスとゴルゴーンと挟み撃ちにされるぜ」

残念ながら司令の軽装甲ではなかった。灰・赤・緑のデフォルト都市型迷彩に、猫の隊章がペイントされている。

「あれぇ、もしかして……」

田中も拡声器をオンにすると、軽装甲に呼びかけた。

「へっへっへ、俺、５１２１の滝川《たきがわ》。友軍を支援するために残れと命令を受けたんだ。おまえらは？　試作実験機小隊は全滅したって聞いたけど、予備の機体があったわけ？」

そう言いながらも、背を向けてもう一方の手に持ったバズーカを発射した。遠方《えんぽう》で爆発音が聞こえ、同時に軽装甲はこちらへ方向を転じて駆けてきた。

駆けながら胴体《どうたい》に装着《そうちゃく》しているジャイアントアサルトを取り出し、構えている。こんな動き自衛軍はおろか自分たちだってできやしなかった。

「荒波小隊一号機と二号機です」

藤代の声が戦場に響き渡る。現在は正式には試作実験機小隊なはずだが、藤代の口調にはどこか誇らしげな響きがあった。

「マジかよ、懐かし～～～！」

もしかして、あのへたれの軽装甲乗り？　と田中は思った。しばらく見ないと思っていたらこんなに上手《じょうず》になっていたんだ。

追いすがるように生体ミサイルが爆発する中、土木一号、二号と併走《へいそう》しながら軽装甲は話しかけてきた。

「ローテンシュトルムは？　あれ、かっくいいよな～～～」

操縦は上手《うま》くなったけど馬鹿は変わらないな、と思いながら田中は応《こた》えていた。

「わたしたち、臨時《りんじ》に実験機小隊に配属されたの。荒波司令は……」

言いかけたところで、ビシリ、と鋭《するど》い音がして土木二号のレーダードームが吹き飛ばされた。何が起こったかわからず、田中は悲鳴をあげていた。

「藤代、島！　どうしちゃったってのよ？」

二号機に駆け寄ろうとしたその時、視界が濃い霧《きり》に閉ざされた。霧？　違う、煙幕《えんまく》だ、と田中は次の行動に移ることを躊躇《ちゅうちょ》した。

「ばっかやろ、スキュラだ！　土木二号を連れてとっとと逃げろ！」

滝川の声がどこからか聞こえた。すでに軽装甲の位置を確認できないまでに田中はパニックに陥《おちい》っていた。

「土木二号、動けるか？」

滝川の呼びかけにすぐに藤代の返事が戻ってきた。

「なんとか。視界も確保。煙幕弾を撃ってくれたの、滝川さんですか？」

藤代は状況をしっかりと把握《はあく》しているようだ。ビシリ。二号機の足下で土煙《つちけむり》が起こった。

「とっとと逃げようぜ！　後方からミノタウロスも追ってくる」

田中の視界を軽装甲の影がかすめ過ぎていった。灰色の迷彩は煙幕にとけ込んでいた。軽装甲に追随《ついずい》するように、二機の複座型は移動を再開した。

この間の時間感覚が田中の記憶にはない。ただ煙幕に覆《おお》われた田園地帯をよろめくように進んだ。凪に煙が流され、視界がやっと明瞭《めいりょう》になったと思ったら目の前の光景に唖然《あぜん》とした。

一体のスキュラが自分たちの正面に立ちふさがっていた。距離は……八百！　中央の目玉のようなレーザー発射口がかっと光を帯《お》びた。

（司令、助けて……！）

茫然と立ち尽くす一号機を後目《しりめ》に、軽装甲はすばやく遮蔽物の陰に隠れた。二号機もつんのめるようにして軽装甲の後に従った。

「ど、どうしちまったんだ？　土木一号、ぼんやりしてっとやられるぞ！」

どうやら田中のフリーズ状態が操縦手の村井にも伝染《でんせん》したらしい。レーザーに右腕を吹き飛ばされるまで一号機はなすすべもなく立ち尽くしていた。

右腕に衝撃。一号機は制御を失って、スピンするように大地に倒れ伏した。

「田中、村井――！」藤代の声が遠くに聞こえる。頭の中が一瞬、真っ白になって、わたし死ぬのかな、とあきらめに似た気持ちが生まれてきた。

その時、スキュラの巨体に、一瞬何かが突き刺さったかと思うと、なんの前触れもなく爆散《ばくさん》した。田中の目にはまるで打ち上げ花火のような幻想《げんそう》的な光景に映った。

「まったく、一匹二匹のスキュラにオタオタしやがって。たるんでるぞ、おまえら」

拡声器から懐かしい声が響き渡った。声のした方角に視界をめぐらすと、深紅の機体が一号機の横を高速でかすめ過ぎていった。

「司令……！」田中が涙声で呼びかけると、荒波の笑い声が戦場に響き渡った。

「だから言ったろう。おまえらだけは絶対生かして帰すって。５１２１の地味《じみ》なやつ、こいつらをとっとと後方へ下がらせてくれ」

５１２１の地味なやつ、と言われてどこか畏《かしこ》まった滝川の声が響く。

「あ、俺……５１２１の滝川っす。……ローテンシュトルム、絶好調っすね！」

「はっはっは。俺様の機体を覚えているとは感心感心。ご褒美《ほうび》に君には機体色を黄色にペイントすることを許してあげよう」

「こっ、光栄《こうえい》ですっ」

憧《あこが》れの天才パイロットに声をかけられ、うわずった声をあげながらも、滝川の軽装甲が「こっちだ」と二機の複座型をうながした。地味なやつの後に従って戦場から離脱《りだつ》する田中の耳に、ジャイアントアサルトの二〇ミリ機関砲弾《きかんほうだん》の音と爆発音がこだました。

「よおし、ミノ助二匹撃破《げきは》。ああ、悲しいかな、君たちはあきれるぐらいに動きが遅いねえ」

無線機から荒波のひとり言が聞こえてくる。

「司令、実況中継《じっきょうちゅうけい》することないじゃないですか」あきれる藤代の声。

「俺は観客がいないと燃えない質《たち》なんだ。はっはっは、飛んで火にいるゴルゴーン四匹。さあ、わたしの正義の鉄槌《てっつい》、受けてみなさい」

荒波は久しぶりの戦闘に浮かれまくっているようだ。そして浮かれているようで、冷静に冷《れい》酷《こく》に敵を撃破してゆくところが荒波のこわさであった。

「えっと、周波数はこれでいいよな。じきに戦線を離れるから」

滝川の声が無線を通じて流れてきた。そうだった……。5121の地味なやつにも感謝しなきゃ、と田中は無線で呼びかけていた。

「ありがとう、地味な人」

「ちくしょう、地味地味って言うな。俺は滝川だっての！　5121小隊、軽装甲の鬼といやあ俺のことさ」

「鬼ですか？　少しインパクト薄いですよ。オリジナリティないし」

藤代がオットリと割って入る。その口調にはどこか安心感があった。

「ウチの司令みたいに目立たないと。あ、けど赤はダメだかんね。司令の色だから。だから黄色にしなよ。きっと似合うと思うけどな。滝川君だっけ？　ほどほどに強いし」

そう、確かにほどほどに強かったなと思いながら田中は軽口をたたいていた。わたしたちと違って、ちゃんと戦争していたし。

「そうそう。目立ってなんぼの軽装甲だからな。よしっ、これで最後のスキュラをやっつけたぞ。ああ、別に尊敬せんでもいいから」

荒波が余裕たっぷりに通信を送ってきた。

「最後のスキュラって……」田中が絶句《ぜっく》すると、滝川の忌々《いまいま》しげな声が聞こえてきた。

「あのな……スキュラは二体いたんだよ。一体が俺たちを追って、もう一体が待ち伏せしていたってわけ。ちっとは頭を働かせろよ」

あんたに言われたくない、とは荒波小隊の面々は言えなかった。ただパニックに陥って、あたふたと逃げまわっただけなのだから。

５１２１の地味な人は頭悪そうだけど、きちんと状況は把握していた。

「うむ、そのとおりだ。善行《ぜんぎょう》さんに一機貸してくれと頼んでおいてよかった。ああ、やつは言っていたぞ。働きぶりは地味ですが、彼の腕は確かですよって」

荒波が楽しげに言った。

「ちぇっ、また地味っすか？　俺もいいかげん、荒波司令みたいに機体に名前付けたいっす」

「はっはっは。ならば俺がよい名前を考えてあげよう。そうだな、君は軽装甲の割にモタモタしているからミドリガメはどうだ。機体色は黄緑にしなきゃならんが、愛らしい名前だろう？」

「ミドリガメ………光栄っす」

滝川はしぶしぶと礼を言った。

滝川と別れてから、じきに荒波機が追いついてきた。

すでに栗田中尉の隊は無視して走り抜けていた。荒波は昨夜、基地を抜け出すと、単身、とある顔と態度のでかいやつのところへ直談判《じかだんぱん》しに行ってきたという。

「……というわけで、今の基地にはいられなくなった。このまま大牟田《おおむ》貨物《たかもつ》駅へ向かい、列車に乗り込むことになる」

荒波の言葉に、隊員から一斉《いっせい》に声があがった。

「というわけって……どういうわけなんですか？　直談判って？　わかるように説明してくださいよ」

「ま、そいつはおいおいな。とにかくだ、俺たちは別の基地に転属になった。これからただちに装甲列車に乗り込んで、岩国《いわくに》へ向かう。そこでまた困ったちゃんな新米パイロットを指導するというわけだ」

荒波はそう説明すると、軽装甲の速度をぐんと上げた。路上には他隊の兵の姿が見られたが、世にもド派手な荒波機を茫然と見送っている。「他人のふり、他人のふり」藤代に無線でささやかれて、田中の顔に心からの微笑《びしょう》が広がった。

……帰投した滝川が機体色をメタリック・イエローにしたいと主張して、整備班長と複座型の砲手に一喝《いっかつ》されたのは別の話である。

最大最後のイ号作戦

「これが最後の作戦になるわ。命があったらまた会いましょう」

整備《せいび》主任の声に全員の顔が引き締まった。原素子《はらもとこ》はひとしきり整備員を見渡してから、「武《ぶ》運《うん》を」と言って水杯《みずさかずき》代わりのペットボトルを持ち上げた。

整備員もそれに倣って、ペットボトルを持ち上げ、ぐびりと口に含んだ。

「トレーラーの準備はオッケーですたい」

一番機整備士の中村光弘《なかむらみつひろ》が口を開いた。

「軽トラ、発進準備完了！」指揮車《しきしゃ》整備士の田代香織《たしろかおり》の声が続く。

「準備完了はいいんですけど、今回の獲物《えもの》はなんなんですか？」

はたと気づいたように副主任の森精華《もりせいか》が原に尋《たず》ねた。「あら……」原は飲み残したペットボトルを主任席に置くと、ばつの悪そうな笑みを浮かべた。

「あ……ごめん。今回の作戦目標は、物資集積所《ぶっししゅうせきじょ》の士魂号関連の部品を総ざらいしてくること。士魂号パーツが狙われていることは敵も承知だから、おそらく万全の警戒態勢を敷いているはずよ。もしかしたら命を落とすかもしれない。だから皆に強制《きょうせい》はしないわ」

「……だったらわたし」森の言葉を、原は遮《さえぎ》った。

「強制はしないわ。強制はしないけどね……もしかしたら職場の人間関係とかぁ、友情とかぁ、そんなものにヒビが入るかもしれないわ。誰だって気持ち良く仕事したいものよね。あ、何度も言うようだけど、強制はしないけどね」

「……わかりました」森はさえない顔でうなずいた。

これまでに何度もイ号作戦を発動していた。いくらノンビリの鉄道警備小隊だって、相当頭にきているに違いない。わたしたちが侵入したとたん、ぱっと探照灯《サーチライト》に照らされて、機銃弾が雨あられと降ってきたら……。前にも撃たれたことあるし。そうじゃなくても捕まって刑務所に入れられたらどうしよう？　類人猿《るいじんえん》みたいな不良学兵と一緒の房《ぼう》に入ったらきっとイジメられる。原さんは待っているだけだからいいけど……。

「森、くよくよせんと、肚《はら》ばくくれ」

中村がにやりと笑って言った。

中村君はスリルを楽しんでいるみたいだけど、わたし、本当はこわい。断ろうかな……、森はおずおずと原の表情をうかがった。

「森さん、わたしはいつでも班の和というものを心がけているの。だから強制はしないわ」

原はにこやかに森に笑いかけた。だめだ。断れる雰囲気《ふんいき》じゃない。どうしよう……森はがくりと肩を落とした。

「姉さん、なんだか具合が悪いみたいだね。今回はやめておけば？　あ、僕もなんだか偏頭痛《へんずつう》がするんだ。ふ、頭痛は天才の持病《じびょう》だから」

現在無職の茜大介《あかねだいすけ》がこめかみを押さえながら言った。

ナイスよ、大介！　森は内心で茜に喝采《かっさい》を送った。あの、わたし、風邪《かぜ》気味で……、と言おうとして原の視線に気づいた。

う、原さん、怒っている。やっぱりだめだ。わたし、刑務所行きなのかな……。

「茜君、勘違いしちゃ困るわね。わたしは森さんに言っているの、強制はしないって。あなたに対しては、そうね、命令。死んでも部品をゲットしてきてね」

「どうして僕だけ……」茜は絶句して、青ざめた。

「だって天才なんでしょ？　天才に不可能なことはないんでしょ？　わたしはね、こういう時のために天才であるあなたを温存《おんぞん》してきたの」

「そ、そうだったのか……」茜はあっさりと納得してしまった。これには皆もあきれ顔で、顔を見合わせた。

「作戦参謀《さんぼう》として、中村君に知恵を授《さず》けて欲しいの。彼は行動派だから」

「ま、まあ、作戦の立案《りつあん》を任せてくれるということであれば」

馬鹿大介……。森は横目で、まんざらでもない顔の茜をにらみつけた。

「さあ、それじゃ行きなさい！　骨はわたしが拾ってあげるから！」

ウォオ、と中村と岩田、田代の若干《じゃっかん》名が歓声をあげてトレーラーへと駆け去った。


深夜二時。熊本駅物資集積所。一台のトレーラーがゲートに近づくと、運転席から中村がひとりの百翼長にささやいた。

「スネーク」

「おお、ハンター」中村の趣味の仲間であるスネークは、運転席に近づいた。

「今日は大奮発《ふんぱつ》して、レアもんを持ってきたばい」

中村は紙袋をそっとスネークに手渡した。紙袋の感触《かんしょく》にスネークの顔色が変わった。

「こ、こ、これは……。あの巫女《みこ》さんの……」

「残念じゃっどん、それは譲《ゆず》れん。新品を、三日間、マイ・トレジャーと一緒の袋に入れたレプリカばい。それでも……」

「うむ。そこはかとない香《かおり》はうつっているな」

スネークは納得すると、部下に、「こいつらは俺の知り合いだ。門を開けてくれ」と命じた。門が開き、トレーラーと軽トラは徐行《じょこう》し、エンジン音を抑えつつ勝手知ったるエリアへと接近していった。


「まったく……連中にもあきれますね」

モニタに鮮明《せんめい》に映し出された映像を見て、兵のひとりがため息をついた。モニタでは中村らがクレーンを使って大っぴらに士魂号の部品を運び出していた。

「まあ、放っておこう。一生懸命だし。5121はこれまで命を張って活躍《かつやく》をしてきた。あんな真似をしないでも電話一本で協力するんだがな」

少佐の階級章を付けた集積所の所長は、苦笑して言った。自衛軍からの出向者ながら今の所長は酸いも甘いも嚙み分けた融通《ゆうずう》のきく男だった。前の規則一点張りの所長と交代してから二週間。その間、二度ほど5121小隊の侵入を見逃した。別に士魂号の部品は他に需要《じゅよう》があるわけではないから、盗《と》られても痛くも痒《かゆ》くもない。

5121が泥棒さんごっこをしても見ぬふりをしてやれと、部下にも言ってある。

「それにしても高田百翼長は何を受け取ったんでしょうね？」

高田とはすなわちスネークのことだ。

「うむ。むしろそちらの方に興味《きょうみ》があるな」

所長はのんびりと言うと、自《みずか》らのコレクションであるワインラベルの整理に没頭《ぼっとう》しはじめた。

「なあ、よいものを見せてやろうか？」

「え、ええ……けど、ミュスカデだ、リースリングだと言われてもわたしにはさっぱり」

「無粋《ぶすい》なやつだ。滅んだ国の、二度とは味わえぬワインだぞ。日本で同じ品種を作ろうとしても不可能なんだ。土壌《どじょう》が決定的に違うからな」

「はぁ」

不意に勢い良くドアが開けられて、険しい顔つきをした将校が入ってきた。憲兵隊《けんぺいたい》の制服を着ている。

「窃盗団《せっとうだん》がいるというのに何をしているんです！」

近頃では、脱走兵や遊兵による窃盗が増えていた。むろん所長はそちらの警備は厳重に行っていたが、何故か憲兵中尉がこちらに出向してきた。

これがやけに杓子定規《しゃくしじょうぎ》でうるさい。少佐はコレクションを仕舞《しま》うと、「まあまあ」と穏やかに笑った。

「彼らは窃盗団ではないよ。兵に弾薬が必要なように、必要なものを集めているだけさ」

「馬鹿なことを！　正規の手続きを経ずして物資を運び出すことを窃盗というのです。兵を貸してください。私が連中をとっ捕まえてやります」

「兵、ねえ……」少佐は考え込むふりをした。

「じゃあ、おまえ、行ってくれるか？」モニタを見ている十翼長に言った。

「はぁ、しかし、わたしは腕力には自信が……」

業を煮やした中尉は、おもむろにデスクの電話をひっつかむと、憲兵詰所《つめしょ》に電話をした。

「ああ、俺だが。大規模《きぼ》な窃盗団が現在集積所に侵入している。集積所の兵では頼りにならんので人数を送ってくれ！……だめだ！　もしかしたら幻獣共生派のテロリストかもしれん。三十人はよこせ！」

受話器を置くと、中尉は少佐をにらんだ。

「すべてこちらで処理します。異存はないですね？」

「……勝手にしてくれ」少佐は肩をすくめて言った。

足音も荒々しく中尉が出ていった後、少佐は十翼長に命じた。

「すぐにサイレンを鳴らせ。それとありったけの探照灯をつけてやれ」

サイレンの音が鳴り響き、森は「きゃっ」と声をあげて跳び上がった。

「しまった！　発見されたばい。部品回収の状況は？」

「フフフ、たった今、完了したところですよ」

一番機整備士の岩田裕《ひろむ》は不敵に笑って言った。ありったけの部品、燃料ポッドをトレーラーに積み込んで、後は逃げるだけだった。

「な、中村、どうするんだ？」茜が青ざめた顔で尋ねてきた。

「天才ならこういう時どうするばいね？」中村は冗談交じりに逆に尋ね返した。

「ま、まあ、逃げるな。戦術的に正しい判断だと思うけど」

とたんに中村は高笑いを響《ひび》かせた。天才じゃなくても逃げるだろう。

「とっとと逃げる！　皆、トレーラーと軽トラに乗るばいね」

エンジン音を響かせ、門へ突進する。と、たたた、と機銃音がしてピシリとフロントガラスに穴が穿《あ》いた。助手席の森は悲鳴をあげて突っ伏した。

前にも撃たれたことはあるが、あれは威嚇《いかく》射撃のようなものだった。今度は本気だ。

「ノオオオ、憲兵ですよ！　警備兵とは違います」

岩田が荷台から叫んだ。

「こなくそ！」中村はトレーラーのハンドルを大きく切ると、うず高く積まれた木箱を吹き飛ばしながらターンをした。茜が後部座席から身を乗り出して、無線の周波数を憲兵隊のものに合わせる。「共生派テロリストが現在集積所を襲撃《しゅうげき》している。至急、応援求む！」全員が、え……？　という顔になった。

「襲撃って……僕たちはただ物資を調達《ちょうたつ》しているだけじゃないか」と茜。

「ねえ中村君、どうしよう、どうしよう」森がオロオロして涙声になる。捕まったら……捕まる前に共生派として射殺《しゃさつ》される。

「ふははは。逃げるしかなか！」中村は自棄《やけ》になったように馬鹿笑いを響かせた。幸いなことにと言うべきか、探照灯の光に照らされ、所内は視界《しかい》が良好だった。中村は門とは逆方向に突進すると、フェンスを突き破って脱出した。

「敵は凶悪な連中だ、気を引き締めろ！」憲兵隊の無線が切迫《せっぱく》した様子で流れる。

凶悪かよ？　茜は茫然《ぼうぜん》としたが、すぐに「この時のために温存してきたの」との原の言葉を思い浮かべた。そう、考えてみれば、確かに僕は温存されてきた節がある。原さんは僕を過酷《かこく》な肉体労働からはずし、好き勝手にやらせてくれた。

となれば、この整備班危急存亡《ききゅうそんぼう》の時にあたり、僕は頭脳の限界まで「策《さく》」を考えなければならないのだ。うん、やっと僕の出番が来たってわけだな。

「策はある」

しばらくして茜は自信たっぷりに口を開いた。トレーラーは夜の道を走っていた。しかしサイレンの音を響かせ、憲兵隊の車も追跡してくる。このまま尚敬校に逃げ込んでも憲兵に一網《いちもう》打尽《だじん》にされるだけだろう。

中村は市内をでたらめに走って、なんとか追跡をかわそうとしていた。

「む。策とはなんね？」

「憲兵隊は僕らを共生派だと思って恐れている。これが条件その一。次に過去に何度も共生派に出し抜かれて、その狡猾《こうかつ》さを警戒している。これが第二。僕が見事にやつらを追い払ってみせよう」

自信たっぷりに話しているうちに茜はその気になったようだ。青ざめていた顔色も、今では平静に戻っている。

「大介、策なんていいから、危ないことしないで……！」

森が悲鳴交じりに言った。

「ふ。大丈夫さ。あと少し走ったら僕を降ろしてくれ。それだけで策は成《な》る」

「じゃっどん、俺らは共生派と誤解《ごかい》されとる。蜂の巣にされるがオチぞ」中村もさすがに危ぶんで引き留める。

「大丈夫だったら大丈夫だ！　僕のシナプス結合には人類の英知《えいち》が詰まっているんだから！　それに僕が共生派に見えるかっ！」

「ぜんぜん」

なるほど、と中村はうなずいた。ブレーキを踏んで、おもむろに停車した。

「じゃあ、後でな」

茜は、ふっと皆に笑いかけると、先に行けと手を振った。

深夜の国道上に茜はただひとりたたずんだ。

サイレンを鳴らして憲兵隊の車両が近づいてくる。茜は不敵に笑うと、半ズボン姿で道の真ん中にたたずんだ。案の定、憲兵隊の車が停まった。

ふ。十台以上はあるな、と茜は笑いながら彼らを手招《てまね》きした。ドアが開き、中から小銃で武装した憲兵が姿を現した。彼我《ひが》の距離は二十メートル。

なにしろたったひとりで愛らしい笑みを浮かべ、美脚を露《あらわ》にした美少年がたたずんでいるんだ。何か策があるのでは？　何かワナがあるのでは？　と考えて当然だろう。警戒する憲兵に笑いかけながら、茜は得意の絶頂にいた。

これぞ諸葛孔明《しょかつこうめい》の「死せる孔明、生ける仲達《ちゅうたつ》を走らす」の策だ。三国志の天才軍師・諸葛孔明に散々苦しめられた仲達は、孔明が死んだとの報《しら》せを受け、追撃に移ったが、その時、忽然《こつぜん》と孔明が現れ、あわてた仲達は「罠《わな》だ！」と叫んで全軍を総退却させたという。実はこれは孔明そっくりに作られた木像で、孔明が死ぬ間際に部下に授けた策であった。

ふ。後は連中が逃げるのを……あれ？　血相を変えた憲兵がこっちに来るぞ。どうしてだ、そんなわけは……茜は真っ青になって膝をがくがくと震わせた。

逃げないと。とっとと逃げないと！

茜は泡を食って背中を向け、走り出した。頼む！　撃たないでくれっ！

銃弾が飛んでくる気配はなかった。茜は立ち止まると、おそるおそる振り返った。国道上に男がひとりたたずんでいた。眼鏡をかけたスーツ姿のサラリーマン風だ。

「盗みはしちゃいけないと幼稚園で習わなかったかね、ボーイ？」

ボーイって……。茜は面食らいながらも、持ち前の立ち直りの早さで男と向き合った。

「ふ。あいにくと幼稚園には行ってないんだ。僕の場合は飛び級で高校からさ」

少しさばを呼んでサラリーマン風に自慢してみせた。

「それにこれは盗みじゃなくて、物資調達。人型戦車はパーツの確保が難しくて……」

「エラいねえ」

言いかけて茜は、はたと口をつぐんだ。誰だ、このおじさん？　憲兵はどうした？

「あの……ええと、質問があるんだが、憲兵はどうした？」

どうした？　と聞かれて男は眼鏡を光らせにこやかに笑った。

「ほんのア・リトルタイム、眠ってもらったよ。君たちを放っておけなくてね。これでも51
21のことは少しは知っているんだ」

「おじさん、誰？」

「一介《いっかい》のサラリーマンさ。さて、こちらからも尋ねていいかね？　どうしてひとりで残ったん
だね？　仲間を助けようというサクリファイスの精神かね？」

茜は答えに窮《きゅう》した。まさか、今さら「死せる孔明、生ける仲達を走らす」なんて言うのは恥
ずかし過ぎる。考えたあげく、にこっと自分で天使のようなと信じる笑顔を見せた。

「誤解を解こうと思ったんだ。だって、僕、幻獣共生派なんかには見えないだろう？」

くっくっく、とサラリーマンは心から楽しげに笑った。

「そうだね、確かに」にこやかに言うと、男の姿はふっとかき消えた。

……後《のち》に茜は、千人の憲兵を「策」ひとつで総退却させたと吹聴《ふいちょう》するようになる。むろん、
これも別の話である。

もうひとつの撤退戦

教室はがらんとして人気《ひとけ》がなかった。

教卓《きょうたく》で出欠簿を手にしたまま芳野春香《よしのはるか》はため息をついた。ここ一週間、国語の授業の出席率はゼロ。近頃《ちかごろ》では嘆《なげ》く気力もなくなってしまった。

（しょうがないのよね……）

はあっと再びため息。午後の国語の時間、生徒たちは街へ食料調達に出かけている。倉庫《そうこ》のジャガイモだけでは胃袋《いぶくろ》は満たされない。まだ半人前の戦車《せんしゃ》学校の生徒たちにまともに食料を調達する才覚《さいかく》があるとは思えないけれど、話を聞いているとごくたまに幸運にありつけるらしい。街をウロウロしていると屋外でカレーをつくっている兵たちに呼び止められてご馳走《ちそう》になったり……。鉄道警備《けいび》小隊《しょうたい》の学兵《がくへい》に板チョコ半ダースもらった生徒もいる。授業に出ない生徒たちだが、何故《なぜ》かそんな話を芳野に聞いてもらうのが楽しみなようだった。

教え子たちの死に耐えられず、芳野は一時、アルコール中毒に陥《おちい》っていた。近頃ではアルコールも手に入らなくなって、皮肉《ひにく》なことに自分もすっかり健康を取り戻している。たまにひどい喉《のど》の渇《かわ》きを覚え、ふらふらと街に出るが、今時飲み屋が残っているわけもなく、かといって裏マーケットに足を踏み入れるのは先生としての示しがつかない、と芳野は考えていた。同僚《どうりょう》の教官の本田《ほんだ》や坂上《さかうえ》の話では街の治安《ちあん》は最悪になっているという。脱走兵《だっそうへい》が起こす窃盗《せっとう》、かつあげなどの事件は後を絶たず、司令部ビルを爆破したテロリストの残党《ざんとう》はまだ市内をうろついているようだ。だからなんとなく出歩きづらい。生徒たちにも無茶はしないようにことあるごとに言っている。

「あらら、また開店休業ですかぁ。ま、しょうがねえけどな」

真っ赤なパンクファッションに身を包んだド派手《はで》な女が教室のドアから顔をのぞかせた。本田節子《せっこ》。芳野の同僚だが、本職の軍人だ。生徒たちに兵としての基本的な心構えを説《と》き、実技、戦術を教えている。ひと頃は慣れない人型戦車《ひとがたせんしゃ》の生徒たちを尚敬校《しょうけいこう》に出向《しゅっこう》して教えていたが、第八七戦車学校として尚敬校からほど遠からぬ堅田《かただ》女子高校の敷地《しきち》を間借《まが》りして、勝手知った装輪式《そうりんしき》戦車の乗員を養成《ようせい》する仕事に戻っている。

「先生、代わりに授業受けてください」

芳野がすねたように言うと、本田はくくく、と含み笑いを洩らした。

「どれどれ、今はどこまで進んでいるんですか？　おおっ、『枕草子《まくらのそうし》』！　なんだっけ、春はあけぼのでしたっけ？　俺には似合いませんよ」

「そうですよね……」

芳野は、はあっと本日何度めかのため息をついた。

そんな芳野を見て、本田も「あいつらのこと……」と口を開いた。

「……心配っていやあ心配なんですよね。以前の生徒たちは授業をさぼって自主的に必要な訓練をやっていたもんですが、今じゃそんな生徒はほとんどいねえ。やつら腹減らしているから、訓練どころの話じゃないんですがね」

「なんだか5121の子たちが懐《なつ》かしくて」

　５１２１独立《どくりつ》駆逐《くちく》戦車小隊の学兵たちは、隊発足《はっそく》以前は第６２戦車学校と称していた。とんでもなく個性的な生徒が目白押《めじろお》しの集団だった。彼らは今、九州中部域戦線《きゅうしゅうちゅうぶいきせんせん》最強の部隊として各地を転戦《てんせん》している。彼らを送り出したことを芳野や本田は誇りに思っている。

「あいつらはやることはやっていましたからね。国語の授業の出席率は悪かったけど。正直な話、今の生徒たちにはやる気が感じられねえ」

　今度は本田が憂鬱《ゆううつ》な顔になって、ふうっとため息。新たな学校が発足してから三週間あまり。生徒たちは決して質が低くはなかったが、実技に使う戦車は熊本城攻防戦で中破《ちゅうは》し、廃棄《はいき》寸前だった士魂号《しこんごう》Ｌが一両だけ。自衛軍から出向してくるはずだった部隊設立委員長は適当な人員がいないとかで、未《いま》だ到着していない。委員長抜きでは統制《とうせい》が取れないため、本田らが「ましなやつ」を選んで臨時《りんじ》に委員長役を務《つと》めさせている。

　問題なのは食糧不足と緊張感の欠如《けつじょ》だった。生徒たちの間では、学校にいる間に自然休戦期になることを見越しているような空気があった。

　くそ、高をくくりやがって、と本田は常々苦々《にがにが》しく思っている。

「こんなところにいたんですか」

　低くさびのある男の声がして、坂上が入ってきた。五分刈《ごぶが》りの頭に白のポロシャツ、ゴルフズボンにサングラスと、オッサン属性を並べ立てたような三十代の教官だが、元は士魂号のエースだったという噂《うわさ》もある。本田と同じく本職の軍人だが、戦術、武器、マシンに関する造詣《ぞうけい》が深く、整備員にも教えている。

「ああ、ちょっとした愚痴《ぐち》話を……」本田が苦笑《にがわら》いして言うと、坂上は微笑《ほほえ》んだ。

「まあ、あれが普通ですよ」

「しゃあないですか」

坂上は黙って本田のぼやきを聞いていたが、やがて穏《おだ》やかな声で話しはじめた。

「たった今、司令部から通達《つうたつ》がありまして。第八七戦車学校は本日をもって〇九六六独立駆逐戦車小隊として編成されることになったそうです。本日中に装備・備品が届けられると」

坂上の言葉を聞いて、本田と芳野は顔を見合わせた。

「ちょっと、ちょっと待ってくださいよ！　隊長もいねえし、装備だって揃《そろ》っていない。こんなんで戦車小隊って言ったたって冗談《じょうだん》にしか聞こえませんよ」

「……ええ。隊長は学兵方式で、と。つまり生徒たちの中から適当に選べというわけですね。まあ、人型戦車とは違いますからそれはよいのですが、問題は装備ですね」

坂上の口調はあくまでも冷静だった。

学兵方式で隊長を選ぶといっても、地元の高校ではこれまで入念《にゅうねん》な教育と、先輩・後輩間のコミュニケーションによる戦闘技術の伝授《でんじゅ》のようなものがあった。今の学校に決定的に欠けているものだ。だから他地域から徴兵《ちょうへい》された学兵は、自衛軍からの出向者が隊長を務めることが通例となっている。

「装備・備品《びひん》を受領《じゅりょう》ししだい、戦車小隊は市内の所定《しょてい》の陣地《じんち》に移動し、警戒態勢《けいかいたいせい》に入れ、と。

そして我々《われわれ》は……」

坂上は言葉を切って、考え込んだ。

「俺たちはどうなるんです？　また新しい学校に横滑《よこすべ》りですか？」

状況《じょうきょう》の急変についてゆけず、本田は食ってかかるように坂上に言った。

「本日一七〇〇《イチナナマルマル》までに熊本港《くまもとこう》第三埠頭《ふとう》へと。教官及《およ》び備品は停泊《ていはく》している高速ホバー艇《てい》に乗船、下関《しものせき》の海軍基地《かいぐんきき》にて別命《べつめい》あるまで待機《たいき》せよ、とのことです」

「待機……わたしも、ですか？」

芳野が憂鬱な表情で尋《たず》ねた。坂上はやさしげに芳野に微笑みかけた。

「ええ、もちろんです。どうやら、わたしたちの戦争は終わったようですよ。先生も安心して『枕草子』を教えることができます」

「あの子たちは……」

「軍人として自然休戦期を迎えることになるでしょうね」

「あの……本当に危ないことはないんですね？」

芳野の言葉に坂上は微笑んだだけだった。

「さて、と。忙《いそが》しくなるぞ！　生徒に呼集《こしゅう》をかけなきゃならんし、装備の受領なんかにも立ち合ってやらにゃな。芳野先生も身のまわりの整理をせんと」

本田が首をこきこきと鳴らし、大きく伸びをして言った。

芳野を教室に残して、本田と坂上は連れ立って職員室へと向かった。歴史のある学校の薄暗く冷んやりした廊下《ろうか》を肩を並べて黙々と急ぐ。「そうだよな……」不意に本田がつぶやき立ち止まった。目が光っている。物騒《ぶっそう》な、現役《げんえき》の戦車随伴歩兵《スカウト》のものになっている。

「坂上先生」

「はい？」

坂上も立ち止まると、サングラス越しに本田の視線を受け止めた。

「ごまかしはなしにしましょうや。言葉のウラから透《す》けて見えるようでしたよ。俺だって今の戦況《せんきょう》について知らないわけじゃない。テレビや新聞は戦線は安定しているなんて現実逃避《とうひ》の報道をしていますがね。幻獣の大攻勢がはじまったんですね？　熊本要塞《ようさい》は国から捨てられた。俺たちは敵が押し寄せてくる前にとっとと逃げろってわけだ」

「……そのとおりです。芳野先生の前で言わなかったのは正解でしたね」

坂上は淡々《たんたん》とした口調で言った。階級は坂上が大尉《たいい》、そして本田は少尉《じょうい》ということになっており、上からの命令・通達は坂上が引き受けている。さらに、ふたりには芳野には言えない事情があった。ふたりとも根っからの芝村《しばむら》の子飼《こが》いであり、芝村の手と金で兵として教育され、育てられた。私兵《しへい》のような存在と言ってもよかった。

本来の役割は現在の５１２１小隊の隊員たちの教育にあったが、それが済んだ後、芝村準《じゅん》竜師《りゅうし》は何故かふたりを現役《げんえき》の兵に復帰《ふっき》させることなく、教官としてとどめていた。

「それで今の生徒たちは陣地《じんち》を死守《ししゅ》して……」

「本田先生、声が響きますよ」

坂上がやんわりとたしなめた。廊下《ろうか》の窓から見える校庭のトラックをジャージ姿の女子校の生徒たちが黙々《もくもく》とランニングをしているのが見えた。

これだからわたしはイライラのイラ子なんて呼ばれるんだ、と斉藤弓子《さいとうゆみこ》は憂鬱な表情で、水《すい》前寺《ぜんじ》公園のベンチに座り込んでいた。また椎名《しいな》の馬鹿と喧嘩《けんか》してしまった。クラスの委員長の椎名は穏やかでやさしくて、そして優柔《ゆうじゆうふ》不断《だん》な性格だった。彼の言動を見るにつけイライラして、今朝《けさ》も「食料調達ウハウハツアー」を提案した椎名に思いっきり嫌《いや》みを言ってやった。あんたは馬鹿か、と。整備員《せいびいん》がいないんだから、少しでも戦車に詳しくなっておかないと。廃棄《はいき》寸前の士魂号Lでも十分に勉強できる。坂上先生に頼めば、課外授業を快《こころよ》く引き受けてくれる。なのに……。

斉藤は唇を噛《か》んだ。

二週間経《た》つのに、戦車について無知なクラスメイトが多過ぎる。原因はわかっていた。どうせじきに休戦だからマジに勉強してもしょうがないということだ。

そして委員長の椎名は、そんなクラスの空気に合わせている。八方美人《はっぽうびじん》なんだ。テキトー指向の男子を味方にして、クラスを牛耳《ぎゆうじ》っている。女子は男子の三倍の九人いるけど、誰も戦車実習をしようというわたしに味方してくれなかった。たいていの女子ってその場の空気に合わせるからな。だからイラついてむかついて、「アホ委員長、このまんまじゃわたしたち、いつまで経《た》っても半人前だよ！」と食ってかかってしまった。

それにしても「イライラのイラ子」はないだろ？　椎名のやつ、苦笑いを浮かべながら言いやがった。要するに、しょうがないなと見下した笑いだ。食料調達ウハウハツアーなんて言って、どうせ市内でぶらぶらしている学兵崩れにたかるだけだろ？　そんなことしてるとどんどん卑屈《ひくつ》になってゆく、と斉藤は憂鬱そうに地面に目を落とした。

足下の小石を取って、目の前に広がる池に投げる。ぽちゃんと音がして波紋《はもん》が広がった。前は有名な庭園だったらしいが、今は手入れもされず人の姿もなかった。イライラする自分を持て余して、斉藤は学校近くのこの公園によく足を運んでいた。

「おっと、先客がいるとはな」

やわらかな声が響いた。椎名の馬鹿の声に似ている。驚いて振り返ると、長身のハンサムな学兵がにこっと微笑んだ。

斉藤は顔を赤らめて軽く頭を下げた。

「すぐに消えるから。これから出撃《しゅつげき》なんだが、戦闘指揮車《せんとうしきしゃ》の調子が悪くてね。修理《しゅうり》している間、空き時間を持て余しているってわけ」

椎名とは全然違う。オトナだ。自分をこわがらせないよう気を遣《つか》ってくれている。初対面の人間と話すのは苦手だったが、斉藤は思いきって話しかけてみた。

「戦闘指揮車っていうと、戦車隊ですか？」

「まあ、そんなようなものさ」

学兵は自分も小石を取って池に投げた。石は水面をすべって、五、六回ジャンプして沈んだ。

「あの……この戦争、どうなるんでしょうか？」

斉藤がおずおずと尋ねると、学兵はにこりと笑った。

「まじめなんだね。俺はまじめな女性、好きだよ。うん、状況はかんばしくないな。人類側が戦線を保《たも》っているのがそもそも奇跡《きせき》ってやつだな」

「奇跡……」斉藤は茫然とつぶやいた。

「ははは。ま、そんなに深刻《しんこく》な顔をしないで。せっかくの美人さんが台無しになるよ」

「……わたし、美人なんかじゃないです。性格がきつ過ぎるって」

なんでこんな話になるんだろう、と斉藤は首を傾《かし》げたが、すぐに理由がわかった。学兵にはなんだか人を安心させる雰囲気《ふんいき》があった。

「自分に正直な人間はそういう風に言われることもある。気にしないで自然にしていればいい。……尤《もっと》も俺は自分をだましだまし生きているけどね」

学兵はにこやかに言った。どういう人なんだろう？　斉藤はこれまでこんな大人びた雰囲気の学兵に出会ったことがなかった。

その時、道路の方角から拡声器《かくせいき》が鳴り響いた。

「瀬戸口《せとぐち》さん、どちらにいらっしゃるんですか！　指揮車の修理完了《かんりょう》です。忙しいんですから早く戻ってきてください！」

鼓膜《こまく》に響くような甲高《かんだか》い女子の声だった。瀬戸口と呼ばれた学兵は大げさに耳に手を当てた。

「さて、と。マイ・ハニーが呼んでいるんで失礼するよ」

斉藤は立ち上がると、瀬戸口に本田直伝《じきでん》の敬礼を送った。瀬戸口は笑いながら手をひらひらと振ってみせた。

「死ぬなよ、新人さん」

そう言うと背を向けて立ち去った。

「ウヒヒ、うまうまー」

水野《みずの》がポリ容器に盛《も》られたあつあつのカレーを頬張《ほおば》りながら嬉《うれ》しげに声をあげた。

その様子を見て椎名は「だよなー」と相づちを打った。

第八七戦車学校の面々は、熊本駅構内の物資《ぶっし》集積所《しゅうせききじょ》で鉄道警備小隊からカレーをふるまわれていた。出し惜しみ、けちんぼとの評判が高い鉄道警備小隊・物資集積所守備隊《しゅびたい》だが、休戦が近いというのにため込んでもしょうがないと責任者が判断したか、ここ数日、物資集積所では炊《た》き出《だ》しが行われていた。食べ物を求めて街をうろついている学兵がわっと群がり、集積所前は兵、兵、兵でごった返していた。

はじめにこの「穴場」を見つけたのは椎名だった。

食料を探すにしても法則がある、と椎名は考えていた。駅周辺なら物資が集まるし、休戦期が近い今、食料を厳重《げんじゅう》に管理する必要はないだろう、と。これは水野が鉄道警備小隊の兵から板チョコをもらったことから思いついた。板チョコ、しかも星印製菓《ほしじるしせいか》の板チョコは貴重品だ。その兵はおそらく集積所から持ち出したのだろう。

だから今朝、「食料調達ウハウハツァー」を提案した。案《あん》の定《じょう》、駅に近づくとカレーの香《こう》ばしい匂いがぷんと鼻をついた。後は全員で突撃《とつげき》だった。

怒り顔のイラ子をはばかって気が進まない様子だった女子たちも、今では目を輝かせてカレーを頬張っている。

「椎名君ってどうしてこんな場所知ってるの？」

口をはふはふさせながら女子のひとりが尋ねてきた。

「駅は流通《りゆうつう》の拠点《きよてん》だからな。ちょっとした推理《すいり》」

椎名はにこやかに女子に微笑みかけた。女子は顔をぽっと赤らめて再びカレーに没頭《ぼっとう》した。

二枚目、成績優秀、スポーツ万能《ばんのう》というのが椎名の三枚看板《かんばん》だった。彼に微笑みかけられれば、普通の女子ならときめくはずだ。

自分でも、そんなものかな、と椎名は思っている。自信というわけではないが、決して自分は人を不愉快《ふゆかい》にするタイプじゃない。むしろ人が喜ぶのを見るのは好きだ。そんな自負《じふ》はある。

しかしあの斉藤イラ子は別だった。自分はクラスをなんとかまとめようと苦労しているのに、ことあるごとに突っかかってくる。同じ男子の水野や青島は内輪《うちわ》でセクハラめいたことを口にしてイラ子を嫌い抜いているが、さすがにイラ子の前では言うなと止めている。

「斉藤の分も持っていってやるか」

自然にそんな言葉が口をついて出た。別にイラ子を嫌っているわけじゃない。喧嘩《けんか》してもすぐに忘れてしまう。椎名はあっさりした性格だった。

その時、掌《てのひら》に埋め込まれた多目的結晶《たもくてきけっしょう》が非常呼集を告《つ》げた。入校してからはじめてだった。

「椎名、これってさ……」

青島が口をもぐもぐさせながら言った。

「ああ、すぐに学校に戻らないと。みんな、カレー、早く食べて！」

椎名がクラスメイトに呼びかけると、全員がものすごい勢いでカレーをかっ込んだ。


「ようし、皆、揃ったな」

本田が声をかけると、椎名が立ち上がった。

「はい。水野が食べ過ぎで今、トイレに行ってますけど」

教室中にカレーの匂いがぷんぷんと漂う。まったくこいつら、と思いながら本田はぐるりと一同を見渡した。迫力のある視線に何人かが目を伏せる。

「まあいい。実はな、おめーらに出動命令が下った。第八七戦車学校は本日付をもって第〇九六六独立駆逐戦車小隊として発足する。おっつけ車両その他の装備が届くはずだ。後は司令部の命令に従って、所定《しょてい》の陣地に配備されることになる」

前にも同じようなセリフを言ったな、と思いながら本田は教室にいる男女十二名の生徒たちをもう一度見渡した。

意外なことに椎名の顔が引きつっている。緊張して引き締まっている、というのとは少し違う。顔よし、姿よし、成績よし、スポーツは万能と、どこの学校にも必ずひとりはいるタイプで、女子にも人気がある。本人もそれを意識しているらしく、皆の期待によく応えているらしい。何事もそつなくこなすから「委員長」に任命したのだが、まずったかな、と本田は椎名の顔を覗《のぞ》き込んで言った。

「ぶるってどうする、椎名？　今日からおめーは小隊長なんだぞ。階級はふたつ上がって百翼長《ひやくよくちよう》ということになる」

「……ぶるってはいませんけど」

そう言いながらも椎名の声は震えている。しかし本田はかまわずに続けた。

「というわけでおめーらはめでたく卒業だ。心の準備ってやつをしておけ」

椎名はしきりに体を震わせると、座ったまま硬直《こうちよく》してしまった。震える音が机に伝わり、がたがたと小刻みな振動が聞こえてきた。

「先生、質問があります」

女子の声がした。斉藤か、と本田は内心で舌打ちした。苦手なタイプの生徒。彼女は椎名以上に優秀だが、椎名と違って妥協《だきよう》ということを知らない。どちらを委員長にするかで教官たちは迷ったが、結局、クラスをまとめる能力を評価して椎名を任命《にんめい》した。

斉藤は小柄だが、気の強そうな目で、じっと本田を見つめた。この目が苦手だ。自分が正しいと信じきっている目だ。職業・オトナにとってはまぶし過ぎる。

「かまわん。言ってみろ」

「街で戦車隊の人と話したんですけど、戦線を持ちこたえているのが奇跡だそうです。何かあったんですか？」

「そこいらへんの事情は俺も知らん。情報が入ってくるまで待つようにって」

「だけど変ですよね。急に卒業だなんて。自然休戦期も近いっていうのに。絶対何かあったに決まってます。先生、正直《しょうじき》に話してください」

斉藤は口をとがらせて言い募《つの》った。

「斉藤、シャラップだ！　詳しいことがわかりしだい、おまえらに伝える。憶測《おくそく》だけで物事を考えてもろくな結論は出ないぞ。……ああ、椎名、本当に大丈夫か？」

「あ、なんともないです。……急な話だったんで驚いて。けど、僕も不思議です。あと四、五日で休戦なのにどうしてですか？　しかも小隊長なんて……自衛軍から隊長は来ないんですか？」

話しているうちに震えが収まってきたのか、椎名は本田に視線を向けると、彼本来のソフトな声で尋ねてきた。

「うむ。適当な人材がいないらしい。だからおめーが自動的に小隊長に昇進《しょうしん》だ。難しく考えることはなんもないんだ。何かあったら教えたとおりにやればいいだけさ」

窓の外からトラックのエンジン音が響いてくる。本田が外を見ると、校庭に一台の四トントラックが停車していた。坂上が運転手のもとへ歩み寄っているのが見える。穏やかな坂上には珍しく書類を持った自衛軍の将校に何やら激しく詰め寄っていた。

「ちょっと待ってろ」

本田はそう言い置くと、急いで教室を出ていった。

「……ウチは戦車学校なんですよ。なのに肝心の戦車が一両もないとはどういうことです？」

坂上がサングラスの下から鋭い目で兵站部《へいたんぶ》の将校《しょうこう》をにらみつけていた。

「どうしたんです？」

本田は駆け寄ると、坂上に事情を尋ねた。

「装備品のリストに戦車が一台もないんですよ。アサルトライフル十、小隊機銃《きじゅう》二、軽迫撃砲《けいはくげきほう》一、弾薬《だんやく》……こちらの少尉に尋ねても、書類にそう書いてあるからの一点張りで」

「ええと……わたしに言われても困るんですよ。上からまわってきたリストをそのとおりに処理し、装備を揃えるのがこちらの仕事ですから」

少尉の階級章を付けた兵站将校は困惑《こんわく》したようにワープロで印字《いんじ》された書類を示した。確かに書類には戦車のせの字も書かれていない。

本田はあきれて坂上と視線を交わした。

「これじゃ話になりませんね。そちらの上司《じょうし》と話をさせてください。電話は通じますね？」

坂上は携帯を取り出すと、少尉に尋ねた。

しかし若い少尉は「いえ」と首を横に振った。

「実は大尉殿《たいいどの》は急な東京出張《とうきょうしゅっちょう》を命じられて、留守であります。……総軍内の補給センターに問い合わせてみたらどうでしょうか？」

「聞いたこともない部署《ぶしょ》ですね」

坂上がさらに追及すると、少尉の顔が憂鬱に曇った。

「近頃新設された部署らしいです。混乱している補給体制を一本化すべく発足したとのことですが、実は……」

少尉は観念《かんねん》したように下を向いた。

「オフィスを訪ねたら、だだっ広い部屋に事務官が二人、苦情処理の電話対応に追われていまして。どうやらまわってきた書類に自動的に判を捺《お》すのが主な仕事みたいで。この書類がどこからまわってきたかも判然《はんぜん》とはしないのであります」

「そのセンターとやらを統括《とうかつ》するのはどこです？」

「さあ、総軍司令部としか……」少尉は申し訳なさそうに頭を下げた。

近頃小耳に挟んでいたことだが、どうやら予想以上に司令部は混乱しているらしい。後方支《こうほうし》援《えん》のプロというべき自衛軍の事務官の絶対数が足りない。どころかオフィスごと続々と本土へ引《ひ》き揚《あ》げているとの噂もあった。「こいつはやばいぞ……」本田は走り去るトラックを見送りながらつぶやいた。

「なんということだ」

校庭で武器を受領する生徒たちを見ながら、坂上は誰にも聞こえないようにひとりごちた。これ以上考えられないような最低限の装備だ。

アサルトライフルに手榴弾《しゅりゅうだん》各2。軽迫撃砲がひとつ。ウォードレスはところどころ修理の跡が見られる使い古しの戦車兵用互尊《ごそん》。生徒たちは拍子抜《ひょうしぬ》けしたようにそれぞれの前に装備を置くと、不景気《ふけいき》な顔で点検をはじめている。

「だから言ったじゃん！　相当やばいって。奇跡は何回も続かないって！」

それまで小声でやりとりしていたのか、不意に斉藤が声を荒らげた。教官と話すときとはずいぶん口調が違う。斉藤に責められているのは「小隊長」の椎名だった。

椎名は一瞬ビクリとしたが、すぐに忌々《いまいま》しげな顔つきで斉藤をにらみつけた。

「急に大声出すの、おまえの悪い癖《くせ》だぜ。俺に食ってかかったってしょうがないだろ？　俺はなるようにしかならないって言っただけ。まだなんにもわからないし、俺たちには何もできないんだから、とりあえず命令に従うしかないじゃん」

「小隊長がそれでいいわけ？　前から思っていたんだけど、あんた、格好《かっこう》だけだわ。八方美人だし。なんだかオタオタしているしさ」

格好だけの八方美人、と言われて椎名の顔が怒りにゆがんだ。

「おまえさ、なんか俺のこと妬《ねた》んでない？　変にクラスを仕切りたがるけど、おまえなんかに誰もついてこないって。隊長になれなかったの、根に持ってるだろ？」

「……勘違いもいいとこ」

斉藤は押し殺した声で言った。きっとしたまなざしで椎名をにらみ返す。

「いいわ、本音を言わせてもらう。わたしはね、こんなアホな戦争で、アホな隊長の下で死にたくないの。それだけ！　生きて戻って奨学金もらって大学行こうと思っているんだから！」

ふたりのやりとりを他の生徒たちは黙って聞いていた。中には「またはじまった……」と、にやにや笑っている者もいる。彼らはこれまで指導した生徒たちと比べて、どことなく個性に乏《とぼ》しい感じだったが、このふたりの衝突《しょうとつ》はクラスの名物だ。坂上は苦笑した。

旧62戦車学校……5121小隊の生徒たちを基準にすると、相手を見誤る。

普通の生徒は、自分たちとは住む世界が違う教官には心を閉ざすだろう。適当に従っておいて、彼らだけの世界で人間模様を繰り広げるものだ。5121の生徒たちはたまたま教官、大人をも引きずり込むような強烈な個性を持っていただけだ。今、このふたりは個性を……感情をむき出しにしてやり合っている。

「椎名ぁ、そこまで言わせていいのかよ」

いつのまにかちゃっかり戻ってきた男子生徒の水野が口を挟んだ。

男子三人、女子九人の集団では男女の対立もあるし、同性間の対立もある。椎名は優柔不断な性格がかえって吉《きち》と出て、比較的誰とも上手くやっているようだ。反対に斉藤は、浮いた存在であるらしい。椎名より自分のほうが優秀だ、との自負《じふ》もあるらしかった。

「けど、なるようになるなんて、椎名君、無責任だよね」

斉藤に同調するようにひとりの女子がぼそりと言った。細田《ほそだ》まなみ。どちらかといえば斉藤にシンパシィを感じているらしい。ただ、気が弱く、結局はその場の空気に流されてしまう。

案《あん》の定《じょう》、細田の意見は周囲に黙殺《もくさつ》された。

「てめーらいいかげんにしろ！」

本田が一喝《いっかつ》すると椎名と斉藤は互いに顔を背《そむ》けて黙り込んだ。

「こんなところで喧嘩をしてもしょうがねえだろ！　戦車は俺がなんとか手配してやる。だからおめーらはいつでもウォードレスを着て出動《しゅつどう》できるように準備しておけ！」

さあ、とっととゆきやがれと本田は羊《ひつじ》を追い立てる牧羊犬《ぼくようけん》のように、生徒たちを校舎に追い込むと、「さて」と坂上に向き直った。

「……戦車を都合《つごう》してやるなんて見得《みえ》切っちまったけど、どうすりゃいいんですかね？」

「わたし……に聞くんですか？」

坂上は困惑して、曖昧《あいまい》に笑った。そんな坂上の様子を見て、本田はため息をつき、地べたにあぐらをかいて座り込んだ。

「俺のコネクションっていやあ熊本駅物資集積所の鉄道警備小隊だけなんですよ。けどあれは……コネクションってわけでもねえしな」

「物資集積所ですか？」坂上は首を傾げた。

「士魂号が丸ごと消えた事件もあったぐらいです。きっと戦車の一両や二両、調達するのはわけもないでしょう。あそこの隊長とは面識《めんしき》があります」

「面識……ねえ」

整備班《せいびはん》による物資集積所襲撃《しゅうげき》、通称「イ号作戦」を陰ながら助けたのは実は教官たちだった。二週間前に赴任してきた指令官は、切れ者だった。整備班のメンバーを特定し、このままでは危いですよ、と警告してきた少佐に、本田と坂上は土下座《どげざ》をしかねないほど平謝《ひらあやま》りに謝っていた。そういう「面識」である。新任の少佐は、試作実験機小隊の特殊《とくしゅ》な事情を理解してくれ、幸《さいわ》いなことに見て見ぬふりをしてくれた。要するに警備はそこそこ適当に、という方針である。

仮に憲兵隊に通報され、本格的に整備班による物資調達を捜査《そうさ》されたら今の5121小隊はなかったろう。

「……我々にそんな時間はありませんよ」

坂上は静かに、しかしきっぱりと言った。あと三時間ほどで熊本港に到着し、ホバー艇に乗らなければならなかった。

「しかし、俺たちは戦車兵を養成したんですよ。最後まで責任持ってやらにゃ。竹槍《たけやり》一本……じゃなかったライフル一丁《ちょう》与えてさよならじゃ寝覚めが悪い。先生もそう思いませんか？」

教官としての本田の「正論《せいろん》」に坂上は黙り込んだ。

生徒たちに愛情を感じていないわけではない。ただ命令は絶対だった。坂上も本田も、軍人以外の生活を知らない。

坂上は本田と並んで、校庭の真ん中にどっしりと腰を下ろした。

「……ほう、そこまで言いますか？」

坂上の語調が普段《ふだん》より強くなっている。

「怒っているんですか？」

本田は自信なさげに横を向いた。なんといっても坂上は大先輩だ。怒らせるのはこわい。

「怒ってなんかいませんよ。我々は軍人ですが、同時に教官でもある。どちらを優先するか、考えていたところです。教官としての務めを果たす……それはそれでけっこう。だったらいっそ、最後まで彼らの面倒《めんどう》を見てやりましょう」

「最後までって……」

今度は本田が困惑する番だった。物問いたげに坂上を見た。

「肚をくくらないと。先生の言葉で言えば、戦車を与えてさよならだったら、ライフルと変わりはありませんよ。このままでは百パーセント、彼らは死にます」

坂上は静かに、断言した。

俺は考えが足りねえな……。

そうだった。たとえライフルを戦車に替えたとしても、国家に捨てられた要塞を「死守」する彼らが死ぬことに変わりはない。

「面倒を見るとおっしゃいますと？　あいつらと一緒に戦うんですか？」

「まさか。……状況はおいおい説明するつもりでしたが、阿蘇戦区が崩壊《ほうかい》しました。じきに強力な敵が市街《しがい》に突入してきます。彼らを連れて下関まで脱出するしかありません。ああ、つまり命令に背いて、教官としての良心《りょうしん》なるシロモノを優先するということですね」

「そいつは……」

あっけに取られて本田は絶句した。そんなこと、考えてもいなかった。

「これは明らかに命令違反、敵前逃亡《てきぜんとうぼう》になります。しかし我々は芝村の私兵のようなものです。芝村のコネクションを使えば、十二人の生徒ごときなんとでもなる。はじめ、わたしはおとなしくこの街から脱出するつもりでした。……先生が話を妙な方向にそらしたのですよ」

坂上は淡々と言った。その内容は一時的な感情で動いた本田を否応《いやおう》なしに現実に引き戻した。

「俺は別に……」

「ずっと見てきましたが、あなたはいつでもそうだ。中途半端《ちゅうとはんぱ》な善意《ぜんい》に惑《まど》わされる」

年上の先輩だからというわけではなかったが、坂上の言葉はいちいち本田を刺激した。この場合、中途半端な善意とは、ライフルの代わりに戦車を与えることだ。同じことだ。

「耳が痛いですよ。わかりました。作戦目標はあのアホどもを下関まで引き連れてゆくこと。それでいきましょう」

坂上は笑みを消してうなずいた。これは軍、及び直接の庇護者《ひごしゃ》である準竜師への明らかな叛《はん》逆《ぎゃく》だ。

準竜師は自分たちが「妙な気」を起こさぬように生徒を卒業させ、その後に脱出させようとした。教官としての責務《せきむ》はまっとうしたというわけだ。

「ご存じのとおり、我々は英雄《えいゆう》ではありません。できることは限られている。もし先生が妙な英雄願望《がんぼう》、あるいは仏心《ほとけごころ》を出して、他隊の兵を助けようなどとしたら……」

坂上は言葉を区切って、じっと本田を見つめた。

「わたしはあなたを射殺《しゃさつ》します」

ふたりはしばらくの間、にらみ合った。やがて、本田は「へっ」と笑い声を発すると、

「射殺上等《じょうとう》。その時は遠慮なくやってもらいましょう」

射殺かよ。坂上の口からそんな言葉が出てくるとは。大先輩、相当肚をくってるな、と本田はにやりと笑った。

「あら、こんなところで何を？」

芳野のオットリした声が聞こえた。どうやら保健室で眠っていたらしい。睡眠《すいみん》を十二時間取らないと頭がぼんやりするというのが芳野の口癖《くちぐせ》だった。

「なんだか入りづらい雰囲気。もしかして……おめでたいことですか？　あっ……」

芳野は唐突《とうとつ》に顔を赤らめた。はにかんだように頬を押さえる。

「前からおふたりの息が合っていると思っていました！　坂上先生と本田先生ならお似合いです。あ、でも秘密ということでしたら黙っています」

はあああ、と本田のため息。そうだ、こいつがいたんだった、とかぶりを振った。

「ところがそんなめでたい話じゃないのですよ。まあ、話はおいおい」

坂上は苦笑すると、怪訝な顔をする芳野に言った。

椎名戦士あらため百翼長は、斉藤イラ子の言葉に大いに動揺していた。

自分たちはまだ銃ひとつ撃ったことがない。本田先生は戦車を手配すると言ったが、たとえ

戦車が来たってろくな働きはできないだろう。たまに学兵のたまり場に行って耳を澄《す》ますことがあったが、この二カ月の間に消滅《しょうめつ》した戦車隊は数知れぬという。

椎名は椎名なりに危機感は持っていた。

少しは話が通じそうな……つまり市内でぶらぶらしている柄《がら》の悪そうな連中ではなく、身ぎれいにしてちょっと可愛《かわい》くて頭の良さそうな女子の戦車兵に話しかけたことがあったが、椎名はその先輩の戦車兵に散々《さんざん》驚かされたものだ。

実戦に配備されてから一週間で十五パーセントの損耗《そんもう》。二週間でその倍。三週間を過ぎてもその率《りつ》は変わらないが、三週間の激戦を生き抜いた兵を失うことになる、と。ひと月経てば部隊の顔触れが、がらりと変わるわよ、と他人事《ひとごと》のようにその戦車兵は言った。隊章を見ると紅陵《こうりょう》女子とあった。確か常時三、四個小隊の戦車隊を出している歴戦《れきせん》の学校だ。地元の女子の進学校は戦車隊として組織されることが多いと聞いていた。

「それで、何に乗るの？」とその女子は尋ねてきた。士魂号Lらしいんだけど、と椎名が言うと、一週間でクラスメイトの二、三人がいなくなるから覚悟しなさいね、と言われた。

それでも高をくくっていた。

自然休戦期はすぐだ。熊本要塞は健在《けんざい》だし、ぶらぶらしている学兵が多いのは軍に余裕《よゆう》があるからだろう、と勝手に思っていた。あと少しで自分は生徒の身分のまま休戦を迎え、除隊《じょたい》することができるだろう。そうなったら進学だ。前々から興味を持っていた流体力学《りゅうたいりきがく》を勉強して、戦争とは関係ないところに身を置くつもりだった。

（俺は元々リーダーシップなんてないんだよな……）

ただ、他人より少しだけ見栄《みば》えが良くて、勉強もスポーツもできたから周囲にそう期待されてきた。なかなか決断ができない優柔不断な性格も慎重《しんちょう》と映っているようだし、他人に嫌われることに臆病《おくびょう》な性格も穏やかで思いやりがあると誤解されているらしい。

「何、ぼんやりしてるのよ、椎名」

斉藤がとがめるような目つきで自分を見ている。こいつは苦手だ。自分の小心でヘタレなところを見透かしているようなところがある。にしても、こいつ、どうして俺にかまうんだ？

「ぼんやりなんかしていないさ。ああ、斉藤、さっきは言い過ぎた」

椎名は自分のマニュアルの中から「照れくさげな笑み」を引き出して、斉藤に謝った。しかし、斉藤は見透かしたように「ふん」と鼻を鳴らすと横を向いて言った。

「わたしは言い過ぎたとは思っていないけどね。ヘタレな隊長を持った不運を嘆いているだけ」

斉藤のほっそりと小柄な姿は、外見こそ可愛らしいと言ってもよかったが、その目つきは強気一点張りで取り付く島もない。

はじめ半ば下心《したごころ》ありで何かと話しかけたが、すぐにイガグリのような女だ、と閉口《へいこう》した。

「だからさ、自分が正しいと思っていても言いようがあるだろ？　おまえの言葉には刺《とげ》があるんだよ」

「性格だからしょうがないじゃん。そんなことより、マジでやばいの、わかってるの？」

「う～ん。……まあ、まだ状況がわかってないから」

「あんたは馬鹿か？」

「馬鹿でけっこうだ。俺が心配するのは、不確かな噂がクラスの結束《けっそく》を乱すことなんだ。皆、おまえみたいに冷静じゃないし、強くないんだ」

なんやかやいって斉藤とはこれまでにもけっこう話しているな、と椎名は思った。必ず自分が判断に迷っていると、「ヘタレ」呼ばわりする。打たれ強さには自信があったから、そのたびに「斉藤のヒステリー」をなだめる方式で切り抜けてきたが、今回はちょっと事情が違う。

斉藤の言葉に不安になってきた。

なんとか維持《いじ》してきた学園生活がくつがえされようとしていた。

「なあ、考えたんだけど、やっぱり幻獣《げんじゅう》が攻めてくるのってデマだと思うぜ。テロリストが市内で暴れてるけどさ、あれは焦《あせ》っているんだよ。二十四日の戦いでやっぱり幻獣は大きな打撃を受けているんだ。だから代わりにテロリストってわけ」

口から出任せだったが、話すうちになんとなく辻褄《つじつま》が合っているような気がした。自分たちが動員《どういん》されるのだって、敵に対する一種の示威行為《しいこうい》と考えれば納得がゆく。

斉藤は、ふっと口をゆがめて笑った。あ、こいつ、俺のこと馬鹿にしてるなと椎名は憮然《ぶぜん》となった。

「ヘタレ。人は自分の見たい現実だけ見るって本当だね。あんたは本土にいるオトナたちと同じ」

椎名は苦笑いを浮かべた。

「おまえさ、その人を見下す癖やめろよ。だから浮きまくっているんだぜ」

「ふん。忠告《ちゅうこく》、ありがと」

ああ、このきつささえなかったら、いい感じなんだがなと椎名は思った。気がつくとクラスの皆は適当に雑談《ざつだん》しながらも自分たちのやりとりに耳を澄ましているのが感じられた。

椎名は息を吸い込むと、全員を安心させるように言った。

「心配してもしょうがないって！　戦車は来るし、俺たちは戦うことなんてないさ。じきに戦争が終わるっていうのにそんなすべり込みセーフみたいな攻撃があるわけないって」

「だよなぁ」

「俺もそう思う」

数少ない男子仲間の水野と青島が相づちを打った。女子の多くは不安げに沈黙を守っていた。

彼女らは椎名の言葉を信じたかった。

けれど、今回ばかりはなんとなく違う。長身でやさしくてリーダーシップがある……と彼女らは信じていた……委員長の姿が小さく見える。

「あの……こんなこと言うとヒンシュクかもしれないけど、胸騒《むなさわ》ぎがするんです」

細田の言葉に、女子たちはしゅんとなった。確かにヒンシュクだった。こんなことを言ってもなんにもならないけど、細田の言葉にあらためて現実に直面したような気がした。そしてその現実を前に、自分たちは何もできず、状況に流されてゆくしかない。

長く重苦しい待機の時間が流れた。

命令を携《たずさ》えた教官の姿を待ちながら、教室内はしんとした静寂《せいじゃく》に包まれた。

陽は西に傾き、強烈な西日が教室に差し込んできた。

不意に彼方《かなた》から砲声《ほうせい》が聞こえた。それが合図かのように機銃音《きじゅうおん》がひっきりなしに空にこだました。斉藤は窓際《まどぎわ》の席で上空を見上げていた。

西の方角、菊陽空港《きくようくうこう》方面の上空に数条《すうじょう》の黒煙《こくえん》が立ち昇っていた。通称《つうしょう》を菊陽トーチカ群と呼ばれる陣地が攻撃されているのがわかる。暇《ひま》な時間を見つけて、斉藤は郊外《こうがい》の陣地を見学しに行ったことがある。クラスメイトに知られたら、「変人《へんじん》」呼ばわりされるだろうが、それでも自分たちの盾《たて》となっている陣地を見ておきたかった。

砲台を要所《ようしょ》に配した堅固《けんご》なトーチカ陣地は斉藤を安心させたが、守備する学兵たちには一部をのぞき、緊張感は感じられなかった。トーチカの上に寝そべって斉藤の姿を認めると口笛《くちぶえ》を吹いたり、冷やかしの言葉を投げかけてきた。閉口《へいこう》してオトナの自衛軍が守る陣地に逃げ込んだものだ。むっつりとした顔でにらまれて、それはそれで気詰まりだったけど。

彼らは今、どうしているだろう？

奇跡さ、とあの感じのよい学兵は言った。

けれど魔法は解け、奇跡は終わろうとしている、と散文《さんぶん》的な斉藤にしては比喩《ひゆ》的な表現を思いついた。押し寄せる幻獣に機銃を撃ち続けるってどんな気持ちだろう？　夢中で、何も考えずに、最後の最後まで戦えるものなんだろうか？　疑問が次から次へとわいては消えた。

「菊陽陣地だな」

　声がして振り向くと、椎名も窓の外を眺めていた。

「うん。砲声が少しずつ近づいてくる」

　そう言うと斉藤は再び窓の外に目を向けた。

「敵は陣地を迂回《うかい》しているみたい。それだけ数に余裕があって多いってこと。きっと後方の守備隊が迎え撃っているんだわ」

「まさか。菊陽を破られたら市内じゃん。もう郊外じゃないぜ」

「椎名……」

　椎名の発想は自己中心だな、と斉藤は微《かす》かに首を振った。敵が市内に入ってきたら困る。だから菊陽の陣地が破られるわけがない。……そんな発想だ。

「その気持ち、わかるよ」

　言ってから、斉藤は顔を赤らめた。もっときついことを言ってやろうと思っていた。けれど、わかる。理解できる。椎名は頭がいいから、つい言葉を重ねて現実から逃避してしまうんだ。現実逃避のリーダーってのも微妙《びみょう》だな、と斉藤は不機嫌に顔をしかめた。

　エンジン音が響いて、一台のトラックが再び校庭に入ってきた。斉藤は窓に駆け寄ると、すぐに失望の表情を浮かべた。戦車を積んだトレーラーじゃなかった。ただの、なんの変哲《へんてつ》もない四トンの幌《ほろ》付き軍用トラックだ。しかし、運転席の顔を見て目をしばたたいた。

運転しているのは坂上だった。

あわただしい足音がして本田が教室のドアを開けた。赤ずくめじゃない。女性用のウォードレス久遠《くおん》を着込んで足音もけたたましく教卓に立った。

「よおし、全員ウォードレスを着用して校庭、トラック前に集合。質問は一切なしだ。五分だけ時間をやる。時間に遅れたらぬっころす」

それだけ言うと本田は再びあわただしく廊下を駆け去った。

何か大変なことが始まろうとしていた。

ああ、あんなに乱暴に走って、と椎名はぼんやりと考えた。ウォードレスを着て廊下を走ったりしたら床《ゆか》が傷《いた》むじゃないか。にしてもどうしたんだ？　本田先生、すげーこわい顔だったな。思いきり肩をど突かれた。斉藤が不機嫌に自分を見上げている。すでに斉藤はウォードレスに着替え、手には小隊機銃を持っている。

「とっとと着替えなよ、ヘタレ」

はっとして席に戻ると、クラスメイトたちは着替えの真っ最中だった。隊長としては遅れを取るわけにはゆかない。椎名は急いで着替えると、「じゃあ、行こうぜ」と全員に声をかけた。けたたましい音をたてて廊下を走りながら、水野がささやいてきた。

「機銃手、斉藤でいいのかよ。あいつの体じゃ無理だぜ」

それもそうだな、と思って「機銃は水野と青島！」と駆けながら椎名は叫んだ。振り返ると、小隊機銃と三脚《さんきゃく》を持った斉藤が辛《つら》そうに走っている。

「斉藤、そいつを水野に渡せ。おまえはライフル」

「大丈夫。細田と一緒に扱うから」

斉藤の横を細田が走っている。走りながら斉藤の手から三脚を受け取った。

「おい、これは命令だぞ。時間がないんだ。とっとと機銃を水野に渡せ。あと一丁はどうした？」

椎名は焦《あせ》って女子たちを見渡した。誰も持っていない。

くそ、教室に置きっぱなしかよ、と椎名は顔をしかめた。それでもすぐに穏やかな笑顔になると、

「皆、先に行って。俺は機銃を持ってくる」

斉藤と水野が機銃を引っ張り合っている。途端に椎名の感情が爆発した。

「斉藤！　とっとと機銃を渡すんだ。こんなところで意地張ってもしょうがないだろ？」

怒鳴ると、茫然とする女子たちを横目にすばやく教室に駆け戻った。

「十秒遅れ。てめーら、約束どおりぬっころしてやる！」

整列した十二人に本田は険しい表情で言った。

ぬっころすって？　怪訝な顔をする生徒たちの足下に、本田はいきなり手にしたサブマシンガンをぶっ放した。きゃっと悲鳴があがって、生徒たちはあわてて飛び退《の》く。

「今度からは本気だかんな」

本田は物騒に笑うと、「トラックに乗車」と叫んだ。

荷台に乗り込むと、「あらぁ」と芳野が微笑んだ。淡いサモンピンクのスーツを着ただけで、手にはハンドバッグと何故か出席簿を持って横座りしている。拍子抜《ひょうしぬ》けする生徒たちに芳野は、

「どうしたの？　そんな大げさな格好をして」とオットリと尋ねてきた。

「本田先生が着ろっていうから……先生、そのスーツ似合ってますね」

芳野ファンを自称《じしょう》する水野が照れ笑いを浮かべながら言った。

「本田先生が身ひとつで来いっていうから、お気に入りの一着を選んできたのよ」

はぁ、と斉藤の口からため息が洩れた。よけいなことを言うなよ、と椎名は斉藤を目で制した。

「俺たち、どこへ行くのか、先生聞いてますか？」

「熊本港。そこから船に乗って下関まで行くの。新しい学校に着いたらちゃんと授業を受けてもらいますからね」

椎名の問いに芳野はにこにこと笑って言った。

「授業って。俺たち、卒業ってことになってるんすけど」

青島があきれたように芳野を見つめた。先生何もわかってないな、と生徒たちは互いに顔を見合わせた。

白山《しろやま》の交差点付近に差しかかったところで、どん、と腹に響くような砲声が車体を揺らした。幌に付けられた透明樹脂《じゅし》の窓から外を見ると、これまでに見たこともないような巨大な重迫《じゅうはく》撃砲《げきほう》が盛んに火を噴いていた。自衛軍の兵が手慣れた動きで、ひっきりなしに砲撃を行っている。トラックが交差点を左折した拍子に、生徒たちの視界に巨大な影が映った。迫撃砲弾を浴《あ》びながらもゆっくりとこちらに近づいてくる。

高射機関砲の重低音がどこからか響き、巨大な影はゆっくりと路上に伏した。

「あれって……ミノタウロスじゃないの」

斉藤は茫然としてつぶやいた。確かスライド授業で見たことがある。体長八メートルの中型幻獣。戦車隊の天敵《てんてき》。一二〇ミリ砲弾を一発食らっても倒せないこともあるという。

「ミノタウロス……まさか？」

椎名が口を開きかけたところに、わんわんとアスファルトの道を踏み締める足音が響き渡った。数えきれぬほどの小型幻獣が交差点に向かって押し寄せてくる。

付近のビルの窓という窓から一斉に銃撃が起こった。ゴブリン！　体長はわずか一メートルの小型幻獣だが、人をはるかにしのぐ敏捷《びんしょう》さと固い表皮《ひょうひ》を持つ。ある意味で幻獣側の主力と言えるだろう。圧倒的な物量による浸透《しんとう》攻撃によって、倒しても倒しても突進を続け、抵抗を続ける人類側をローラーのように押し潰してゆく。

斉藤は黙って水野の手から機銃と三脚をもぎ取ると、小隊機銃を据え付けた。

「勝手なこと、するな」椎名があわてて斉藤を制する。

「どうした？」運転席から本田が声をかけてきた。

「斉藤が機銃でゴブリンを撃とうとしているんです。下手に撃ったら」

椎名は言葉を呑み込んだ。敵が追ってくるんじゃないか？　今、ゴブリンは人類側の抵抗拠《きょ》点《てん》をひとつひとつ潰している最中だろう。だったらよけいなことはしないほうがいい。クラスメイトを守るためにも、と椎名はそう考えた。

「やめておけ。この距離じゃ当たらねえよ。おまえの腕じゃ」

ゴブリンの姿はしだいに遠ざかっていく。本職の戦車随伴歩兵の本田に言われて、斉藤はしぶしぶと引き金から指を離した。

「こいつは相当にやばいことになってますね」

本田はハンドルを握りながら、助手席の坂上に話しかけた。

砲声、銃声は市内のそこかしこから聞こえてくる。化け物どもめが、やりやがったなと本田は表情を引き締めた。菊陽の陣地群をはじめ、市南北に展開された外郭陣地《がいかくじんち》を迂回して、ゴブリンが市内になだれ込んでいるのだろう。たとえ数倍、数十倍の犠牲《ぎせい》を出そうとも、敵の小型幻獣の大群はひたすら後方への浸透をはかってくる。

幻獣出現以来、五十年間まったく変わらない戦術《せんじゅつ》だった。小型幻獣の浸透攻撃。人類側は周《しゅう》到《とう》に準備された拠点に籠《こ》もって敵を迎え撃ったが、敵を倒しても倒しても最後には大海《たいかい》の中の小島のように孤立し、後続の中型幻獣によって撃破される。

本田は一度、中央アジアのステップ地帯の戦争映像を見たことがあったが、地平線の彼方から雲霞《うんか》のようにわき起こり攻めてくる数十万規模のゴブリンの姿に畏怖《いふ》さえ覚えたものだ。中国兵は要塞とも表現できる陣地群をまるで万里《ばんり》の長城《ちょうじょう》のように連《つら》ね、敵を迎え撃っていた。

むろん戦いがどうなったかは語られていない。

ばたばたと倒れ伏すゴブリンの姿がクローズアップされて終了のプロパガンダ映像だった。

坂上先生は大陸で戦ったというが、本当のところはどうなんだろう？　この先輩教官は個人的なことはまったく話さない。士魂号乗りでエースだったって本当なんだろうか？　とすれば大陸で士魂号の初期《しょき》型《がた》が運用されていた？　本田も軍人らしく、個人的なことには淡泊《たんぱく》だった。

それまで無線機《むせんき》に耳を澄ましていた坂上が口を開いた。

「下益城《しもましき》方面から有力な敵が北上中とのことです。三号線及び九州自動車道を守る友軍陣地を迂回、撃破しながら一部はすでに緑川《みどりかわ》を越えたそうです」

「マジ……ですか？」

緑川を越えたとすれば、下益城の戦線は崩壊《ほうかい》し、市南部の外郭陣地《がいかくじんち》は敵の阻止《そし》に失敗したということだ。今、本田らが走っている田迎《たむかえ》町《まち》あたりから十キロと離れていない。船が停泊しているフェリーターミナルまでの道は遮断《しゃだん》される。

気がつくと、前後に軍用車両が増えている。すべてが自衛軍の国防色《こくぼうしょく》に塗られた車両で、兵員を満載《まんさい》し、砲を牽引《けんいん》している。南北から自衛軍の車両が合流し、国道57号線上は渋滞《じゅうたい》の気配を漂《ただよ》わせていた。強引に割り込もうとするトラックを警笛《けいてき》を鳴らして無視する。しかしトラックはなおも強引に左折して衝撃があった。自衛軍のトラックのバンパーがこちらの横腹に接触していた。

「馬鹿野郎！　無茶するんじゃねぇ！」

本田が車窓から顔を出して怒鳴ると、自衛軍の兵も運転席から顔を出した。

「こちらだって急いでいるんだ。譲《ゆず》ってくれてもいいじゃねぇか！……民間の車両だな。学兵ごときが生意気言うんじゃねぇ」

自衛軍はすべて自前の車両を持ち、民間の車両を転用《てんよう》することはない。

胸倉《むなぐら》のひとつでも摑んでやろうと本田が運転席から出ようとすると、一斉に警笛が鳴った。ちっくしょうめ、と運転を再開しようとギアをシフトした時、上空に不吉なローター音がこだました。

「すぐに近くの遮蔽物へ。本田先生」

坂上は路上に降りると冷静に言った。

本田はうなずくと、荷台にいる生徒たちに向けて怒鳴った。怒鳴りながら適当な遮蔽物を探す。

「敵だ。おめーら、トラックから降りて、右手の流通《りゅうつう》センターまで思いっきり走れ！」

遠くでヘリのローター音が聞こえるな、と思ったらすぐに本田の怒鳴り声が聞こえてきた。右手の流通センターって？　あ、あれか。相当に古い石造のビルだった。椎名は荷台から飛び降り、「水野、青島、先生を頼む！」と叫んだ。

「え、どうしたの……？」芳野のオットリした声が重なる。男ふたりの力で強引に芳野を外に連れ出した。女子も何事かといぶかりながら、ゆっくりと荷台から降りる。

すさまじいクラクションの音が生徒たちの耳を圧した。立ち往生《おうじょう》している学兵のトラックに、口々に罵声《ばせい》が飛んできた。「るせぇ！」本田が叫び返す声。トラックを路肩《ろかた》へ寄せると、本田は路上に降り、「モタモタするな！　走れ、走れ！」と率先《そっせん》して走り出した。

クラクションの音がしだいにまばらになり、ローター音が上空に轟々《ごうごう》と響き渡る。本田が玄関の扉を強引に蹴破《けやぶ》ると、生徒たちも後に続いた。

「どうしたの？　ねえ？」と立ち止まろうとする芳野を抱え上げ、最後尾《さいこうび》を水野と青島が走ってくる。椎名は玄関口に立って、上空と彼らを交互《こうご》に見た。

空襲《くうしゅう》と悟《さと》った自衛軍の兵も思い思いに避難《ひなん》しはじめた。鈍《にぶ》く重たげな射撃音が響き渡って、一台のトラックがあっけなく爆発を起こした。

椎名の目の前、二十メートルほど先で二〇ミリ機関砲弾に切り裂かれた兵の体が砕け散る。そんな様子を茫然と見ていると、思いっきり後ろへ引っ張られた。転倒する椎名の横に、すべり込みセーフで床に倒れ伏す芳野らの姿もあった。

「死にてえのか、おめー。とっととどこへでも隠れやがれ！」

そう言うと本田は芳野を抱《かか》え起こして、受付カウンターの陰に隠れた。

何がなんだかわからなかった。空襲《くうしゅう》という言葉は浮かんできたが、目の前でぐしゃりと砕け散った兵の姿が目に焼きついて、椎名は手近の部屋に駆け込んだ。

事務室らしい部屋に駆け込むと、「伏せていなさい」と坂上の声が聞こえてきた。何人かの生徒が頭を抱えて部屋のところどころに伏せている。

机の下にすべり込んで伏せると、斉藤と目が合った。

椎名は顔を背けた。正直なところ空襲なんてはじめてだったし、こわかった。斉藤のよく光る目と出合ってやっと我に返った。オタついている目を見られたくなかった。

「顔色が青いわよ」

斉藤が案《あん》の定《じょう》、見透かしたようなことを言ってきた。椎名が無視していると、斉藤はさらに、

「よく芳野先生のこと、気がついたね」と言った。

少しだけ口調がやわらかかった。

「荷台を振り返ったら、あのピンク色が目についたんだ」

「ふん、そんなことだろうと思った」と斉藤は鼻で笑った。

「おまえこそ逃げ足は早いよな」

椎名が皮肉を言うと、斉藤は澄ました顔で言い返した。

「仲良く一緒に逃げましょうって場合じゃないでしょ。それにわたしたちに他人のことを考える余裕はないじゃない？」

正論《せいろん》だ。民間人と大して変わらない生徒としては一目散《いちもくさん》に逃げるしかない。しかしその冷静な口調が斉藤らしくて忌々しかった。

「おまえ、絶対に戦車兵に向いてないよな。他のクルーが不愉快《ふゆかい》になる」

「ありがと。わたしも向いてるなんて思ってないわ。そうね、鉄道警備小隊の倉庫番《そうこばん》、志望したんだけどここにまわされたってわけ」

「……倉庫番かよ」意外な答えだった。なんでも要領《ようりょう》よくこなすこいつがよりによって鉄道警備小隊志望だったって？

「だからこんな戦争で死にたくないんだって。何度も言ってるじゃん。けど、戦車学校に入れられた以上、生き延びるためにテキトーなことできないでしょ」

生き延びるためには手を抜かないことだ、と斉藤は言っている。

「わたしから見れば、あんた、テキトー過ぎ。このまんまじゃ皆、死ぬことになる」

斉藤の言葉に椎名は憮然《ぶぜん》となった。じゃあ、おまえが隊長になったらどうなんだよ？　部隊はばらばら、皆、勝手に動いてとっとと全滅《ぜんめつ》するぜ。

窓ガラスが割れる音がして、ガラスの破片《はへん》が降り注いだ。女子の悲鳴が部屋中にこだました。ずどっと鈍い音が響いて、ふたりのすぐ横の床に機関砲弾が突き刺さった。おそるおそる手を伸ばして、あまりの熱さに手を引っ込めた。外ではヘリ……きたかぜゾンビのローター音と、機関砲弾の餌食《えじき》となった車両の爆発音がひっきりなしに響く。

斉藤は椎名から離れると、悲鳴をあげ続ける女子のもとへ這っていった。

「安心しなさい。よほどの不運でない限り、この建物は大丈夫」

喧噪《けんそう》の合間を縫《ぬ》って、坂上の低い声が聞こえてきた。

「新建材で壁をつくっている近頃の建物とは違って、昔の石造建築ですから。二〇ミリ機関砲弾には有効な遮蔽物です」

「……そ、そうなんすか?」

どこに伏せているのか水野の声がした。声が震えている。今、自分が声をあげても似たようなもんだろうと椎名は思った。

「ええ。ただし、砲撃には弱いですがね。あっというまに瓦礫《がれき》の下敷きになる」

「へへっ、これでカウンターに面《つら》をさらしていると、ふたりで受付嬢できそうだな」

安心させるように本田が冗談を言うと、芳野はにっこりと微笑んだ。怯《おび》えていない? 本田は首を傾げて芳野に尋ねた。

「大丈夫ですか、先生?」

「本田先生たちがついているから、大丈夫です。わたしたち、これからどうなるんですか?」

芳野の表情にはさほど不安は見えなかった。鈍いのかな? それとも……と思いながら本田は気楽な口調で応えていた。

「敵さんが退散するまでこの場に釘付《くぎづ》けですね。……にしても、渋滞しているところにきたかぜゾンビの空襲ってな、散々です。表に出たら驚かないでくださいよ」

血と肉と炎。それこそスプラッタな光景がそこかしこで見られるはずだ。

「目をつぶっていますから」

「……あのねえ。ひとつ、聞いていいですか？」

「はい、なんでしょう」芳野は小首を傾げた。

「どうしてピンク色のスーツなんです？　先生にもウォードレス、支給されていたでしょう？」

「だって、このスーツ気に入っているんですもの。それにピンク色じゃありません。サモンピンク。先生も女性なんですからそのぐらい覚えてください」

「へいへい……」

芳野に説教《せっきょう》されて、本田はなんだかなーと下を向いた。


ローター音が遠ざかってゆく。

斉藤が手を重ね慰《なぐさ》めている女子は、悲鳴をやめると静かに嗚咽《おえつ》していた。

「もう大丈夫みたい。ね、気持ちはわかるけど、しっかりしなよ」

そこかしこで女子の嗚咽する声が聞こえる。これが普通の女子の反応なのかな。斉藤が身を起こすと、すでに坂上は事務机に腰を下ろしていた。サングラスに隠されて表情はうかがえない。それでもなんとなくその姿には安心できるものがあった。

「泣きたいだけ泣いてけっこう。今のうちに涙を絞《しぼ》り出しておきなさい」

坂上はおもむろに口を開いた。何人かの女子が身を起こす気配がした。

「泣けるのは今のうちです。５７号線にこれだけの空襲が行われたとなると、市内と港の連絡は断たれつつあるようです。君たちにも戦ってもらうことになるかもしれません」

きたかぜゾンビのローター音は遠くへ去った。嗚咽が少しずつ収まっている。坂上は静かな声で話を続けた。

「現実から目を背けずに。指揮はわたしが執《と》ります。補佐《ほさ》には本田先生。君たちはわたしの言うとおりに動いてください」

「ぼ、僕はどうすれば……」

椎名がやっと立ち上がった。先生の前では僕かよ、と斉藤は苦々しく思った。

「皆を元気づけてやってください。それだけです。さて、トラックが無事であるとよいのですが」

坂上がうながすと生徒たちは立ち上がった。玄関口では本田と芳野が数人の生徒を連れて茫然とたたずんでいた。路上には惨憺《さんたん》たる光景が展開されていた。

誰かがヒッと息を呑んだ。車両という車両が破壊され、燃え、煙をくすぶらせている。片側三車線の路上は隙間《すきま》のないほど兵の遺体《いたい》で埋まり、肉片と血で濡れていた。港から撤退する兵たちだった。緊張が薄れ、退避《たいひ》行動が遅れたとしても不思議はなかった。

「こんなんはじめてだぜ……」

本田がつぶやいた。これほど一方的な敗北ははじめてという意味だろう。

「大陸で嫌というほど見てきましたよ」坂上の声が冷静に響く。

「あの……怪我した人たちを」

うめき、悲鳴をあげている兵に芳野が歩み寄ろうとすると、坂上が制止した。

「わたしたちにできることはありません」

「けれど、あの人たち、このままじゃ死んでしまいますよ!」

芳野が珍しく色をなして坂上をにらみつけた。

「先生、それぐらいで。俺たちには医薬品もねえし、何より時間がねえんだ」

本田が芳野の前に立ちふさがった。

すでに陽は大きく西の果てに沈んで、薄暮《はくぼ》が忍び寄っている。国道を照らす照明灯《サーチライト》は光を灯すことなく、延々《えんえん》と道沿いに林立《りんりつ》している。

雲はまばらで、残照《ざんしょう》を浴びて茜色《あかねいろ》に染まっている。明日も晴天が続くだろう。

隊のトラックはすぐに見つかった。運転席の無線機からしきりに声が洩れている。

「こちら総軍《そうぐん》司令部。第〇九六六独立駆逐戦車小隊はただちに水前寺公園、銅像《どうぞう》前陣地に展開せよ。繰り返す。第〇九六六独立駆逐戦車小隊は……」

坂上は無線機のスイッチを無造作《むぞうさ》に切った。

「まいりましたね、よりによって水前寺公園に陣地ですか」

本田が苦笑して言った。この分では敵の先遣隊《せんけんたい》はすでに市中心に突入しているだろう。

坂上は無表情にうなずくと、「トラックはおしゃかですね」と言った。

炎上《えんじょう》こそしていなかったが、数発の二〇ミリ機関砲弾はトラックのボンネットにめり込んで、巨大な穴を開けていた。ガソリン臭《しゅう》のする白い煙が穴から洩れている。

「装備、無線機をはずして運びましょう。ああ、無線機用のバッテリは無事ですね」

「うは、徒歩行軍《とほこうぐん》ってやつですか。懐かしいっていやぁ、懐かしいですね」

無線機の取りはずしを手伝いながら本田が陽気に言った。生徒たちはそんなふたりを白《しら》けたように見つめている。

「おめーら、荷台に迫撃砲と弾薬箱が積んであっただろ？　とっとと運び出せ！」

本田の叱責《しっせき》が飛んできた。椎名と斉藤が同時に動き、水野と青島が続く。荷台に上るとケースに収められたままの軽迫撃砲と弾薬を運び出した。


生徒たちにとっては辛い行軍が続いた。昨日の今日まで彼らは戦争など他人事と思っていた。そう信じたかった。それがいきなり小隊ということになり、教官たちに引きずられて延々と死と破壊の跡が続く国道を歩いている。

すっかり陽の落ちた国道を坂上と本田に先導《せんどう》され、月明かりを頼りに歩きながら、椎名はへたり込みたくなる自分を励ました。この迫撃砲とやら、やけに重い。取っ手に手をかけ水野とふたりで運んでいるのだが、ウォードレスの下は汗だくだった。

青島に代わってくれと言いたかったが、委員長……小隊長としては弱音を吐《は》くわけにはいかない。それに、隊は戦車兵仕様の小柄な連中ばかりで身長百八十センチの自分を超える体格の持ち主はいない。

「遅れてるよ、椎名」

斉藤の声が前列から響いてきた。生意気にも小隊機銃を背負って、隣の細田に弾薬箱を持たせている。小柄な姿に機銃は重たげで、今にも道にめり込んでしまいそうだ。意地っ張りのイガグリ女。それが斉藤という女だ。椎名は、ふっと笑った。

「笑ってる場合じゃないよ、ヘタレ」

「おまえさ、どうしてそんなヒネた性格になったわけ？　もしかして不幸な生《お》い立《た》ちとか、子供の頃イジメられっ子だったとか」

沈黙《ちんもく》があった。何か反撃の文句《もんく》を考えているな、と椎名は笑った。

「……シカトされていたことはあるけど」

むむむ、やけにストレートに返してくるな。椎名は言葉を探して、やっと言った。

「自業自得《じごうじとく》ってやつか」

はっ、と斉藤が吹き出した。

「予想どおりの反応しかできないマニュアル男だな。イジメっ子をイジメたら、イジメっ子に取り込まれたイジメられっ子までが敵にまわったの。だからわたし、つるむやつらって大嫌い」

「だから倉庫番ね」

「わたし福岡《ふくおか》の出身なんだよ。本当はクラスごと隊に編成されるんだけど、友達もいなかったし、先生に頼んで熊本に来たってわけ。あんたは？」

身の上話かよ。イラ子のやつ、相当に疲れているな、と椎名は思った。この女の辞書《じしょ》に「身の上話」なんて言葉があるとはな。

「俺は山口《やまぐち》。岩国の近くだ。戦車兵に志願したのは、志願すると進学の時に優遇《ゆうぐう》されるからなんだよな。おまえも計算していたんだろ?」

「まあね」

隊列はふらつき、坂上と本田だけがしっかりとした足取りで先導している。本職は違うよな、と思いながら、俺たちどうなるんだろ、と椎名は考えた。

不意に、「止まれ」と本田が手を挙げた。

椎名が闇に馴《な》れた目であたりを見まわすと、周囲は民家《みんか》が点在する典型《てんけい》的な郊外の風景だった。

「おおーい、状況はどうなっている?」

本田が声をあげると、闇の中からわらわらと兵らが出てきた。小隊機銃を担いだ兵がやけに目立つ。顔つき、装備から自衛軍の兵とわかる。

「これでも隠蔽《いんぺい》していたんだが、学兵様御一行がよく気づいたな」

サブマシンガンを抱えた髭面《ひげづら》の少尉が路上に上がってきた。白い歯を見せて笑っている。

「こんな老《ふ》けた学兵はいねえって。俺は自衛軍だ。にしても機銃をピカピカに磨くのも考えモンだな。明かりを反射してけっこう目立つぜ」と本田。

「幻獣相手には十分だ」

「この先はやっぱ、ダメか?」本田が尋ねると、少尉は苦笑を浮かべた。

「県道5１から先が面倒なことになっていてな。なんとか道路を確保するために頑張ってはいるんだが、ゴブのやつらが次から次へとわいてきやがる」

髭の少尉は、坂上に目を留めると、言葉遣いをあらためた。坂上のウォードレスには一応、大尉の階級章が付いている。

「自衛軍の大尉殿に少尉に学兵さん、と。修学旅行ってわけでもなさそうですな」

「まあ、似たようなものですね」

坂上も苦笑いを浮かべて応じた。

「状況を詳しく聞かせて欲しいのですが」

少尉は快諾《かいだく》すると、全員を近くの民家へと誘った。


夜になって戦闘は小康《しょうこう》状態を迎えているが、白川より南はゴブリンの大群であふれ返っているらしい。南の岸辺《きしべ》には孤立した人類側の陣地がいくつか、大半は川の向こう岸から砲撃を加えることで幻獣を阻止しているらしかった。

懐中電灯《かいちゅうでんとう》で地図を照らしながら、少尉と坂上、本田はぼそぼそと話し込んでいる。民家に収まりきらない生徒たちは、屋外で疲れた体を休めていた。教官たちの様子を確認してから椎名は、生徒たちの間をまわっていた。

郊外とはいえ、濃厚な緑の匂いが流れてくる。こうしてひと息ついてみると、戦争の臭いは消え、代わって緑と花の香が心地よく鼻孔《びこう》をくすぐる。

これはなんの花だったかな、と柄《がら》にもなく椎名は風に乗って運ばれてくる花の香を胸一杯に吸い込んだ。

こうして歩いているとまた斉藤イラ子が突然現れて声をかけてくるかも、と妙な期待があった。近頃はあの女の嫌みと毒舌《どくぜつ》を聞かないと物足りなく感じていた。俺って特異体質《とくいたいしつ》になったんかな、と椎名はにやりと笑った。

「椎名君」

声がして振り返ると、芳野が微笑みかけていた。スーツ姿がおそろしく場違いだが、まあ先生はこれでいいのかな、と椎名は思った。

「どうしたんですか、先生？」

「空気が気持ちいいから、散歩していたの。この家の人、菫《すみれ》を栽培《さいばい》していたのね」

芳野は伸びをすると、深呼吸した。胸を張った途端、スーツ越しに大人の女性らしい胸の隆《りゅう》起《き》が露《あらわ》になって、椎名はあわてて視線をそらした。

斉藤とは大違いだな。あいつは胸に行く養分《ようぶん》が脳細胞《のうさいぼう》に横滑りしたようなやつだ。……けどなんで斉藤なんだ？　女らしい芳野先生と斉藤を比べること自体、無謀《むぼう》だ。あいつは俺がこれまでに見た最も女性属性《ぞくせい》から遠い度ナンバー1《ワン》の女だ。

「こんなことになってしまって、ごめんなさいね」

不意に芳野が声を落として謝った。

「どうして先生が謝るんです？　先生、何も悪くないですよ」

「ううん。わたしも大人だから。君たちは戦争なんて行く歳《とし》じゃないのに、自分勝手な大人がそう決めたの。決めた大人たちは本土でのうのうとしているっていうのにね」

芳野の言葉に、椎名は驚いた。天然《てんねん》と思っていたらそんなこと考えていたんだ。しかし、芳野は自分たちと同じく危険に身をさらしている。本土の、臆病で小ずるい大人たちとは違う。

「俺たち、大丈夫なんでしょうか？」

「ええ。坂上先生と本田先生がきっと君たちを下関に連れて行ってくれるわ。本土に行ったら国語の授業、さぼったらダメよ」

芳野はにっこりと椎名に笑いかけた。水野が大のファンを自称しているけど、俺もファンクラブに入会するかな、と椎名はどぎまぎして顔を赤らめた。

「……あの、ええと……俺たち、なんとか小隊とかになって陣地に配属されるはずだったんですけど。勝手に本土に引き揚げちゃっていいんですか？」

「いいのよ」

芳野は微笑むとあっさりと請け合った。椎名の体から、こわばりのようなものがゆっくりと消えてゆく。

「なんとか小隊じゃないでしょ。第〇九六六独立駆逐戦車小隊。あんた、それでも小隊長？」

暗がりから声がして、斉藤が小柄な姿を現した。

芳野とは違って、にこりともしない。不機嫌な顔で椎名を見上げている。

椎名も不機嫌な顔でにらみ返した。

なんとか小隊って言ったのは自分なりの皮肉だ。斉藤イラ子は「世界揚げ足取り選手権」に出たらダントツで金メダルだ。

「斉藤さん、なんだか疲れて見えるけど」

芳野が声をかけると、斉藤は「いえ、大丈夫です」と首を振った。小柄で非力《ひりき》な斉藤には夕方から夜にかけての行軍は辛かったろう。しかも意地を張って機銃を担いでいたもんな。椎名はなんとなく斉藤に声をかけた。

「先生たち、自衛軍の人たちと話し込んでいる。その間、寝てろよ」

「よけいなお世話。あんたこそ迫撃砲運んでヒイヒイ言っていたじゃん。寝れば？　それで芳野先生の夢でも見ていなさいよ」

「どうして俺が先生の夢見るんだ？　おまえってほんとむかつくよな」

本当に見そうで椎名は照《て》れ隠《かく》しに怒ってみせた。

「へえ、椎名君って夢見るのね。わたし、夢見たことないの」

「それはこのヒス馬鹿女が勝手に決めつけて……マジですか？　夢見たことないなんて」

「ええ。前に本田先生に話したら、そういう体質なんだろって」

じゃあね、と芳野は手を振ると、闇の中へ消えていった。後に残されたふたりは、一瞬視線を交わしてすぐに横を向いた。

「……今のはかなりむかついたぞ。芳野先生にも悪いし」

しばらくして椎名はぼそりと言った。

「ごめん」

「えっ……！」

椎名は驚きのあまり声をあげた。

今、確かに「ごめん」って言ったよな。待てよ、空耳《そらみみ》ということもある。イラ子の辞書にまさか「ごめん」は登録《とうろく》されていないだろ。俺、相当に疲れているんかな？

「ちょっとね、芳野先生が羨《うらや》ましかったの。だから」

斉藤は相変わらず無愛想《ぶあいそう》な口調だったが、心なしか声に憂鬱な響きがあった。

「ま、まあ、確かに芳野先生とおまえとじゃ月となんとかだよな」

「……気にしていることをぬけぬけというあんたはデリカシーなしのけだものだね。あんたみたいにほんわか生きている人間にわたしの気持ちはわからない」

けだもの？　ほんわか？　ずいぶん言ってくれるな、と椎名は憮然となった。「月となんとか」のたとえは芳野先生が大人の女性なんだからしょうがないじゃん。

しかし、そう思いながらも、椎名は斉藤を傷つけたことを後悔《こうかい》していた。

「悪かった」

謝っても斉藤は黙り込んだままだった。横顔をちらと盗《ぬす》み見る。髪をこれでもかとひっつめ、団子《だんご》にしている。顔立ちは細面《ほそおもて》というやつで、目が大きくまつげが長い。かたちの良い唇は固く引き結んでいるか、皮肉にゆがんでいることが多い。

「……わたしたち、死ぬのかな」

斉藤が唐突に口を開いた。椎名は、はっとして斉藤の横顔をまじまじと見つめた。泣いているのか？　目許からひと筋の涙が滴《したた》っていた。

斉藤……。椎名は奥歯を嚙み締めると、静かに言った。

「俺は……兵隊としちゃ素人で自分の性格も能力も信じてないけど、先生たちを信じている。教官ってことは最高の軍人だってことだろ？　きっとなんとかしてくれる」

椎名の言葉は、良くも悪くも斉藤に効果があったようだ。斉藤はそっと涙をぬぐうと、

「あきれた。他力本願《たりきほんがん》のくれくれ君。ヘタレならではのセリフって感じ」

そう言って口許を皮肉に曲げて笑った。

うん、そうだ。イラ子にはこんな笑いが似合っている。

「なんとでも言え」

「……けど、当たっているかも。わたしも自分の力を信じられないから。椎名菌《きん》、うつっちゃったかな」

「俺はバイ菌かよ」なんとなくほっとして、椎名は冗談交じりに反発した。斉藤イラ子は泣いたりしちゃいけない。何故だかそう思った。

「馬鹿野郎、な～にが赤ノミだ」

本田は苦笑いして坂上と顔を見合わせた。５１２１小隊の周波数に合わせると、途端に芝村舞《まい》の声が飛び込んできた。指揮を執っているようだが、善行はどうした？　交信《こうしん》しようとして

坂上に止められた。

「彼らは今、包囲された友軍の救助に必死です。こちらを助ける余裕はありませんよ」

「けど……士魂号さえあれば」

本田は悔しげにつぶやいた。５１２１小隊が駆けつけてくれれば、熟練《じゅくれん》したパイロットが乗る士魂号の打撃力《だげきりょく》さえあれば、港までの道は楽々と確保されるだろう。

「彼らが戦っているのは三加和町《みかわまち》付近ですね。おそらく、このまま北上しつつ機動防御戦《きどうぼうぎょせん》をするつもりでしょう。我々が助けを求めれば彼らを死地に追いやることになる」

坂上は淡々と、本田を諭《さと》すように言った。

「５１２１とお知り合いなんですか？」

髭面《ひげづら》の少尉が遠慮《えんりょ》がちに尋ねてきた。

「我々は彼らの教官でした」

「それはすごい！　実はウチの小隊も５１２１に助けられたことがありましてね。連中、中型幻獣をよく食ってくれますな。……支援はなし、ですか」

少尉は落胆《らくたん》したように肩を落とした。

「残念ながら。ところで、そちらの兵力は？　正直なところを」

「あー、申し遅れました。わたしは箕田《みのた》と申します。自衛軍旧第十七歩兵旅団《ほへいりょだん》所属だったんですが、旅団が改編《かいへん》されまして。岩国で再編成するため、港へ向かうところでした。小隊は現在十八名。装備は重機二、小隊機銃四。元々機関銃小隊でしたから」

箕田と名乗った少尉は、あらたまった口調で坂上に言った。年は二十代後半で、おそらく本田と似たりよったりだろう。

旅団の改編とは、損害《そんがい》を受け、新たに部隊をつくり直すということだ。隊としての体裁《ていさい》をなさなくなった部隊はすみやかに後方に下がり、再編成を待たねばならない。要するに散々な目に遭っていることを箕田は言葉の裏で語っている。箕田の雰囲気、物腰《ものごし》にはどことなくたたき上げの下士官らしきものがある。

上官を失って、代わりに箕田が繰り上がったのだろう、と坂上は推察《すいさつ》した。これはその下で働く兵にとってはよいことが多い。

「車両は？」

「空襲でやられました。友軍が通りかかったら便乗《びんじょう》させてもらおうと思っておったのですが、さっぱりですな。海兵《かいへい》の馬鹿どもが通りかかったくらいで。同乗を頼んだら、同じ陸軍《りくぐん》さんに頼め、と。さっさと行っちまった」

「なるほど。陸軍は何かと海兵に辛く当たってきましたからね」

「港に輸送船《ゆそうせん》が停泊しているのですが、明日一二〇〇をもって最後の便が出る、と。闇に紛《まぎ》れて県道を強行突破《きょうこうとっぱ》するか、さもなくば後続の友軍を待ってともに突破するか、迷っていたところです」

「この一帯にはどれぐらいの兵が隠れているんです？」

国道57号線が県道51号に変わるあたりを言っている。エリアの中には今では使われなくなった鹿児島本線《かごしまほんせん》の線路が錆《さ》びついたまま放置されている。郊外のまばらな街灯は消え、あたりは一面の闇に包まれている。さきほどの空襲を切り抜けたような兵が相当数、脱出の機会をうかがって潜《ひそ》んでいると考えてよかった。

「声をかけてみたのですが、わたしの見る限り干は下りませんな。ただし、ほとんどの隊が我我と同じく車両を失っているようです」

「そんなにか……」

本田が絶句すると、坂上はこともなげに言った。

「負け戦《いくさ》とはこんなものですよ。さて……」

坂上は箕田に向き直った。

「我々と行動をともにしていただきたいと頼みたいところですが、生徒たちはあなたたちの足手まといになります。我々は我々なりに作戦を考えることにしますよ」

待ってください、先生……と本田は口を挟もうとして思いとどまった。

自衛軍の連中は見るからに古参《こさん》で、戦い慣れている。そんなことを言っていいのか？　第一、作戦なんてあるのか？　そう考える一方で、坂上は考えなしに発言する人物ではない、と思っていた。

箕田少尉は一瞬首を傾げると、にやりと笑った。

「坂上大尉……教官の考える作戦とやらにつき合うことにしますよ。どうやらあなたは相当な修羅場《しゅらば》を経験しているようですな」

「よろしく」

坂上は無表情にうなずくと、地図に目を落とした。

本田はあっけに取られて、坂上と箕田を交互に見比べた。なんだか納得してやがる、ふたりとも。

「ちょっと待ってくださいよ。どういうことです？」

「なんとなく坂上教官の考えていることがわかったのさ。今頃は隠れている連中が連絡を取り合って突破の相談をしているだろう」

箕田は髭面を震わせて笑った。

「じきにまとまった数の部隊が強行突破をはかるはずです」

坂上の言葉の意味がわからず、本田は続きを待った。

「敵は当然、そちらに集中します。その間隙《かんげき》を縫《ぬ》って、我々は幻獣の密集地帯を突破します」

坂上は平然と言い放った。戦いは他隊に任せ、自分たちだけが逃げるという考えだ。

「しかしそいつは……」かなり汚ねえ作戦だぜ、と言おうとしたが何も言えなかった。

「無線をオフに。脱出経路ですが、まず51号からはずれ、西南西へ。敵の後方を進んでここ、駒田《こまだ》病院をめざします。のち、北北西に進路を取り、埠頭へ」

「ただちに移動の準備を。重機《じゅうき》は？」

「放棄します」

なんだかひとり取り残された気分で、本田はふたりのやりとりを聞いていた。学校での「射殺します」との坂上の言葉があらためて思い出された。

民家を出た箕田に、本田は追いすがった。

「おい、おめーらはそれでいいだろうが、生徒たちはどうするんだ?」

教官の顔に戻って、本田は険しい表情で問い詰めた。

「守れるだけ守るさ。が、やばくなったら俺たちだけで逃げる。坂上教官も承知の上さ。俺たちは戦力を提供する。おまえらは……坂上教官だが頭《アタマ》を提供する。取引としちゃ十分だろう」

「……汚ねえやり口だな」

汚ねえと言われて箕田の髭面が引き締まった。

「同じ教官でもずいぶん違うな、ええ? 俺はどんな汚ねえ手を使っても隊の連中を生きて帰すつもりだぜ。坂上教官も同じなんだよ! おまえは何ハンパなこと言ってやがるんだ?」

完璧《かんぺき》な下士官言葉に戻って、箕田は本田に低い声で言った。

きびすを返して隊員たちのところへ去る箕田を本田は忌々しげに見送った。当たっている。坂上は教官の顔の下にしたたかな兵の顔を隠し持っていた。そして自分は……生徒たちと接しているうちに牙《きば》を抜かれてハンパ野郎になっちまった。

「先生、生徒たちを頼みます」

坂上の声を背中に受けた。本田は振り返ると、表情を引き締め、「はい」とうなずいた。歩み去ろうとする本田に、坂上は「ああ、ちょっと」と声をかけてきた。

「……なんです？」

「あなたたちのやりとりを聞きました。あなたはよい教官ですよ。しかし、今は生徒たちを無事生かして帰すことです。そのためには手段を選んではいけません。ああ、言うまでもないことですが、武器・弾薬以外の装備は放棄します」

「わかっています」

それだけ言うと、本田は短い眠りをむさぼっている生徒たちを起こしに行った。


「とっとと起きろ、てめーら！」

本田の怒鳴り声が聞こえて、生徒たちは飛び起きた。

「三十秒以内に八七戦車学校生徒は全員整列」

「先生、俺たち、一応〇九六六独立駆逐戦車小隊っていうことになっているんですけど」

寝入《ねい》りばなを起こされた椎名が間抜《まぬ》けたことを言った。案の定、「へっ」と本田は嘲笑《あざわら》うと、

「無駄口をたたくんじゃねえ、椎名！」

椎名の横《よこ》っ面《つら》を軽くはたいた。

「先生、暴力は……」芳野の制止に本田は苦笑した。

「ちょっと可愛がっただけですよ。そんなことより……とっとと行軍の準備だ。携行《けいこう》するのは武器・弾薬、それと交換日記をつけている幸せモンは特別に許可してやる！」

なんだか本田先生、テンションが上がっているな、と斉藤は思った。誰よりも早く身支度《みじたく》を

すると、列に並んだ。隣に突っ立っている椎名をちらと見る。椎名は頬を撫でながら、口許をほころばせている。

「顔がにやけてる」

正面に向き直って斉藤が言うと、椎名は「そうかな」と間抜けたセリフを口にした。

「方針が決まったみたいね」

「ああ、だからさ。本田先生、すげーテンション高いよな。あ、おまえも似たようなもんだった」

「少なくても赤ずくめの格好をして、生徒にマシンガンはぶっ放さないわ」

「代わりに皮肉と嫌みをぶっ放しているだろ？」

「ふん」

斉藤はそれ以上相手にせず、本田の言葉を待った。

「あのねえ……芳野先生。フェイスパウダーはたくのはやめてくれませんか」

本田の困惑する声。「すぐ終わりますから」と、芳野はパウダーをはたきながら本田の隣に並んだ。軍人そのものといった引き締まった顔つきに戻っている本田の横で、にこにことたたずんでいる。

「じきに友軍の攻撃がはじまる。はじまりしだい、俺たちは自衛軍と共同して西南西に進路を取って行軍する。真っ暗闇の中を進むんだ。おめーらははぐれないよう、固まっていろ」

「先生、質問があります」

斉藤が手を挙げると、本田は「簡潔《かんけつ》に」と許可《きょか》した。

「自衛軍と共同するって、一緒に戦うんですか？」

「ばーか、んなわけねえだろ。共同ってのは冗談だ。俺たちは自衛軍のオッサンたちに守られて逃げ出すのよ。先導は坂上先生と髭の少尉。前後を自衛軍の連中が固める。俺はおめーらの横についてお守《も》り役《やく》をやってやる。俺も連中も、肩にペンライトを付けることになっているから見失うなよ」

不意に列の後ろで喧嘩《けんか》腰《ごし》の怒声《どせい》が聞こえた。

迫撃砲を運び出そうとする自衛軍の兵を水野が必死で制止している。

「俺たちの武器をどうするんすか？」

自衛軍の兵はウンザリした顔で、無言のまま砲を抱え上げた。

「あー、水野。いいから列に並べ。迫撃砲なんてシロモノは俺たちには使えねえ。重いしな。自衛軍に貸してやることにしたんだ」

本田の言葉に、水野は憮然とした顔でしぶしぶと並んだ。

「迫撃砲ってなんですか？」

芳野がオットリと口を開くと、本田は「たはっ」と額に手をやった。

「頼みますから、よけいなことは言わんでください」

「はいはい」

にっこりと微笑みかけられ、本田はしぶい顔になった。

どん、と腹に響く砲声が夜空にこだました。

続いてシャワーのような機銃音が続く。照明弾《しょうめいだん》は使わないのか、それまでしんとしていた闇は激しい銃砲声が響き渡った。

ヒュッと指笛《ゆびぶえ》が聞こえた。

「よおし、全員二列縦隊《じゅうたい》になって続け。先生は俺から離れないでくださいよ」

「はあい」オットリと芳野が返事をした。

砲声、銃声を背中に聞きながら、生徒たちはペンライトの光を見失うまいと雑草の生い茂《お しげ》る枯《か》れ田《た》を歩き、埃《ほこり》っぽい農道《のうどう》を歩いた。春の夜の空気は生暖かく、濃厚《のうこう》な緑の匂いが鼻をつく。慣れぬ行軍に足を取られる生徒を自衛軍の兵が無言で助け起こし、急《せ》かす。拠点を離れてから一時間あまり、風景を見渡す余裕もなく生徒たちは歩き続けた。

斉藤とて例外ではなかった。ペンライトの光に目を凝《こ》らしながら、どうして自衛軍の人たちはあんなに楽々と歩けるんだろうと考えていた。

「前に……奨学金もらって大学行くって言ってたろ？　何勉強するんだ？」

隣を歩く椎名が突然、口を開いた。一瞬、ライトから目を離して椎名の横顔を見る。椎名の顔は緊張に張り詰めていた。目は自分と同じようにライトの光を追っている。

「医学部に行くの。小児科《しょうにか》志望なんだけど」

「小児科か。似合わないな。斉藤だったら外科《げか》でメスふるったほうがよかないか」

「……あんたさ、わたしを誤解している。わたし、人の体を切り刻むことなんか興味ないし」

「そうか……」

うん？　椎名の声が震えている。ぶるっていると言ったほうが正しいだろう。こんな時に無駄口をたたくのは強いか弱いかのどちらかだ。きっと椎名はこういう状況に弱いんだろうな。

そうは思ったが、だから悪い、とは斉藤は考えなかった。誰だって向き不向きはある。と、ここまで考えて斉藤はしぶい顔になった。

はじめはクラスの「諸悪《しょあく》の根源《こんげん》」と思っていた椎名と普通に会話しているなんて。だいたいこいつが率先してクラスのだらけた雰囲気をつくっていたんだ。

「戦争がどんどんひどくなってきているでしょ？　子供は世界の空気に敏感《びんかん》だから。心のケアをしてあげたいの。……わたしもそうすることできっと救われる」

何を言っているんだ、わたし。斉藤は唇を噛んだ。世界の空気って？　そうすることで救われるって？　我ながらくさいセリフだ、と思った。

「あんたはどうするの？　……生き延びたら」

自分のくささに顔を赤らめながら、斉藤は話題をそらした。

「俺は流体力学だな。昔っから鳥が好きでさ」

「ああ、空気抵抗《くうきていこう》がどうのこうのってやつね。鳥は確かによくできた生き物よね」

「よくできた生き物って……。おまえ、もうちっと表現の勉強したほうがいいぜ。完成された種《しゅ》ってのは後は滅びるしかないんだ。進化の袋小路《ふくろこうじ》ってやつ」

「そんなことは知ってる」

斉藤は、むっとして対抗するように言った。

「鳥は確かに飛ぶことに関して洗練《せんれん》された構造を持っているけど、欠点がないわけじゃない。けど、人間のつくる構造物はその足下にも及ばない不細工《ぶさいく》なものなのさ」

どうしてわたしたちはこんな話をしているんだろう？　相変わらずライトを目で追いながら斉藤はあきれたようにため息を洩らした。

椎名はしゃべることで不安と怯えを紛らわしたいんだな。それはわたしも同じだけど。こういう状況で、人間って素《す》になるな、と斉藤は冷静に考えた。


「敵っ！」

髭の少尉の声か、ほとんど同時に機銃が一斉に火を噴いた。先導するペンライトの光が侵《しん》入《にゅうしゃ》者を迎えたホタルの群れのように散開《さんかい》した。

ざわざわと下草を踏み締め、小さな影が殺到《さっとう》してきた。

「おめーらは発砲《はっぽう》するな。大丈夫だ、運が悪けりゃゴブに頭かち割られて即死《そくし》だから」

本田の声が聞こえた。誰かがパニックに陥って、アサルトライフルの引き金をしきりに引いていたが、かちかちと音がするばかりで一向《いっこう》に弾《たま》は出てこない。

「替わりにカトラス、抜刀《ばっとう》！　一応のお守りだ」

本田は叫びながら、サブマシンガンを腰だめにして撃ちはじめた。

カトラスを抜いたまま、ぼんやりと立ち尽くす生徒たちの周囲で、銃声が響き渡った。驚いたことに、銃弾は生徒を避けるようにして、飛び交っている。

「敵、全滅！」

再び少尉の声がして、銃声は一斉にやんだ。

「西南二百メートル前方に病院があります。いったん、建物に逃げ込みましょう」

坂上の静かな声が響き渡った。

斉藤の目に闇の中にぼんやりと浮かぶ白い建物が映った。普通なら不気味《ぶきみ》な光景だったが、今の斉藤にはオアシスのような避難所に見えた。

「モタモタしているとゴブが寄ってくる。走るぞ！　ゴーゴー」

本田はそう言うと、オタつき、へたり込んだ生徒をひとりひとり抱え起こした。ピシリ、と平手《ひらて》を張る音がして「わっ」と女子の泣き声が聞こえた。

「おおい、水野。おめーはオタついてるかぁ？」

「なんとか大丈夫でっす。小便《しょうべん》もちびっていませんし」

斉藤にとってはその他大勢の男子だったが、水野の声はしっかりしていた。その時々の状況に向いた人間っているもんだな、と斉藤は水野とは対照的《たいしょうてき》な椎名を見た。

「この泣き虫のけつ、蹴っ飛ばしてでも走らせろ。任せたからな！」

「はい、蹴っ飛ばします」

そう言うと水野が女子に駆け寄る気配がした。

「ウヒヒ、先生の命令だかんな。走らないと、セクハランダーになっちまうぜ」

水野の嬉々《きき》とした声がして、「やめてよ!」と泣きやんだ女子がさも嫌そうに叫んだ。

斉藤の目にウンザリ顔の自衛軍の兵が映る。彼らは黙って、ひとりひとりの生徒の横に着くと、立ち止まろうとする生徒を銃床《じゆうしよう》で小突《こづ》いて走らせる。

ざわざわと下草を踏み締める音が風に乗って流れてきた。

銃声に反応した敵がこちらに向かっているのだろう。斉藤は歯を食いしばると、隣を走る椎名の肩を思いっきり小突いた。

「なにするんだよ!」

「病院まで競走!」斉藤は思いっきりぶっきらぼうに言った。

「おまえは子供か?」

「子供でもなんでもいいの。長い脚している癖にモタモタするな」

「くそ、短い脚でちょこちょこしやがって!」

斉藤は、「ふん」と笑うと建物をめざして走った。椎名も負けずに走る。元々の体力の違いか、みるまに斉藤を引き離していく。

馬鹿か、と思った。椎名はどんどん地《じ》が出ている。けれど……斉藤は風の音を聞きながらぼんやりと思った。馬鹿な椎名はけっこう好きだな、とそこまで考えた自分に気がつき、思いっきり不機嫌な顔になった。

病院は少し前まで人がいたのか、医薬品と血と膿《うみ》の匂いがした。優先的に電力が供給《きょうきゅう》されていたのか、まだ照明はつけることができた。

坂上は待合室《まちあいしつ》の受付のスタンドを灯すとすぐに消した。

「明かりは消したままで。全員、無事ですか？」

「ええ、しばらく行軍して闇に慣れていたのが幸いしましたな。ゴブリンは二十匹ほどでしたが、さすがにあわてててしまった」

箕田少尉は照れくさげに頭を掻《か》いた。貴重《きちょう》な弾薬を浪費《ろうひ》したことを言っているらしい。

「それでこれからどうするんです？　ゴブのやつら、仲間を呼んでいますよ」

本田が尋ねると、坂上は「そうですね」と落ち着いた口調でうなずいた。三人は兵、生徒から離れて待合室の奥の事務室でこれからのことを話していた。

現在、午前三時。あと二時間ほどすれば空は白みはじめるだろう。行程《こうてい》は半ばを過ぎていた。熊本港埠頭まであと八キロ。休んでいる時間はなかった。夜が明ければ、港をめざして殺到する兵を狩るべくきたかぜゾンビがまたぞろ出現する。

そして人類がいるところに殺到する幻獣の性質上、港へはゴブリンの浸透《しんとう》攻撃に加え、相当な規模の中型幻獣が攻撃を仕掛けてくるはずだ。

坂上は背負っていた無線機をデスクに下ろすと、バッテリーにつなぎ、操作《そうさ》をはじめた。本田と箕田は耳を澄ます。

「5121小隊は南関《なんかん》インターチェンジで自衛軍と合流したようです。九州自動車道を北上しながら友軍の撤退支援《しえん》をするつもりでしょう」

「ちっくしょう。やつらがいればな……」

「彼らのことは忘れましょう。問題は我々が港にたどり着けるかどうかです。今、有力な部隊を……ああ、港に相当数の砲兵隊が残っていますね」

「ははっ、乗船するかどうかで仲間内で揉めていますな」

箕田は苦笑を浮かべた。乗船命令を無視して、支援射撃を行おうという隊があるのだろう。

「……さきほどの突破攻撃ですが、やはり失敗していますね。現在、土河原《つちがはら》町付近で包囲《ほうい》され、戦闘中とのことです。救援要請《ようせい》がしきりに出ています」

「……あの、先生。無線を聞いていてもしょうがないですよ。とっとと行軍を再開したほうがよくありませんか?」

本田が遠慮がちに言うと、坂上は「もう少し」と冷静に応じた。無線のチャネルをしきりに操作している。

「……やはりまだ残っていましたか」そうつぶやくと、ヘッドフォンを装着《そうちゃく》した。

「こちら坂上。聞こえますか、どうぞ」

坂上は首を傾げるふたりにかまわず、通信を送りはじめた。

「坂上というと、どこの坂上さんかな?」無線から冷やかすような声が流れてきた。

「芝村準竜師の下で働いている坂上ですがね。そちらは撤退しないのですか?」

「そろそろというところだな。そちらはどうだ?」

どうやら相手は坂上の知り合いらしい。しかし、坂上はにこりともせず、話していた。

「内田町《うちだ》・駒田病院にて立ち往生《おうじょう》しています。撤退支援は可能でしょうか？」

「そのような命令は受けておらんが、現在、そちらから三キロの地点で作戦を展開している。無田口町《むたぐち》に浄真寺《じょうしんじ》という寺があるはずだ。そこまで来ることができれば、手助けを考えてやらんこともないな」

「了解《りょうかい》。すぐに向かいます」

「坂上さんよ、あの化けモンにはもう乗らんのか？」

あの化けモン？　声の主は口調から察するに坂上の古い知り合いらしかった。本田は坂上の過去をかいま見た思いがした。

「その話は……。戦車学校の生徒、自衛軍を引率してそちらへ向かいます」

通信を切った坂上に、本田は物問いたげな視線を向けた。

「芝村の特殊《とくしゅ》部隊です。自衛軍に籍《せき》はありますが、実体は芝村閥の私兵ですよ。破壊工作、暗殺《あんさつ》、幻獣領へ潜入《せんにゅう》しての第五世代の掃討《そうとう》など、極秘《ごくひ》任務専門の隊でしてね。わたしは大陸で彼らと何度も作戦をともにしました」

「そんな隊があったんですか……」

本田は意外な思いで、坂上を見つめた。

「あなたもスカウトされるところだったんですよ。しかし、欠点が多過ぎた。反対派閥とはいえ、友軍を殺したり、共生派の村を根こそぎにはできないでしょう。ああ、箕田少尉、この話は聞かなかったことに。誰かに洩らしたとたん、あなたの人生は終わります」

箕田はぶるっと身を震わせた。自衛軍にも特殊部隊はあるが、どうやらそれとは似《に》て非《ひ》なるもののようだ。ただし、坂上が頼る以上は腕は立つのだろう、と歴戦の兵《つわもの》らしく割り切った。

「失礼、居眠《いねむ》りをしていたようです」

箕田の言葉に坂上はうなずくと、「行軍を再開します」と言った。


身も心もぼろぼろって表現があるけど、今の俺はそうかもな、と椎名は待合室の床に長々と寝そべりながら思った。

仲間たちも同じく、そこかしこで横たわって疲労した体を休めている。訓練らしい訓練をまともにしてこなかったつけがまわっていた。自衛軍の兵らはそんな自分たちを空気のように無視して警戒態勢に入っている。

斉藤はどこだ？　室内を見渡すと、斉藤は何やら自衛軍の兵に話しかけている。兵はウンザリ顔だったが、やがて自分の小隊機銃を斉藤に構えさせた。「百メートルの距離の場合、仰角《ぎょうかく》は……」などと兵の声が洩れてくる。

腰だめに構えると、わずかに斉藤の体はふらついた。兵ははじめて笑顔になると、斉藤の手から機銃を取り上げた。

「仲良しになったってわけか、自衛軍と」

斉藤がそばに来ると、椎名は皮肉を言った。斉藤は疲労に青ざめていたが、寝そべることはせず、ベンチに腰を下ろした。

「小隊機銃の使い方を教わっていたの。学兵はひとりで扱っちゃだめだって。三脚に固定して給弾手《きゅうだんしゅ》を必ず確保《かくほ》しなさいって」

「ふらついていたじゃん」

椎名が言うと、斉藤の頬が怒《いか》りに紅潮《こうちょう》した。

「だらしなく寝そべっている自称・小隊長に言われたくないわね！　あんただってふらつくわよ。下手に撃つと撃ちながら衝撃でふらついて、味方を撃ちかねないって。だから普段から訓練しておこうって……」

ぷい、と横を向かれて椎名は身を起こした。「火器実習《かき》」は戦車兵ということもあり、実弾が支給されず、全員が適当に受けていた。よく本田に怒鳴られたが、こんな生活もあと少しさと舐《な》め切っていた。

「……こんなことになるなんて誰が思うんだよ？」

そうだ。戦いたくもないのに徴兵されて、あとちょっとで戦争が終わるという状況で、誰がまじめに殺しの訓練なんてするものか。ごめんだった。

「けど、こんなことになったでしょ？」

斉藤は横を向いたまま、言った。

「ねえ、さっきライフルを撃っていた子がいたけど、弾が出なかったよね」

「ああ」

「どうしてかわかる？　弾倉《マガジン》に弾が入ってなかったの！　調べてみたんだけど。きっと先生が抜き取ったんだわ。わたしたち、お荷物ってわけ」

「悔《くや》しいのか？」

　そう言われて斉藤は、きっと椎名をにらみつけた。悔しいんだろうな、斉藤の性格だと。椎名は視線をそらすとそう思った。しかし、つけ焼《や》き刃《ば》で戦い方を教わったとしても、無駄《むだ》に死ぬか、他の兵に迷惑をかけるだけだろう。

　イラ子とは考え方が違うな、と椎名はあらためて思った。

「行軍を再開する。わたしは疲れました、もうだめですってやつぁ手を挙げろ」

　待合室に本田の声が響き渡った。女子が何人か手を挙げた。疲労のあまり、プライドが麻痺《まひ》してしまっているようだ。

「だったらここに残れ。さよならだ」

　自衛軍の兵たちが苦笑して見物している。「さよならって……」女子が絶句した。こんなところに取り残されれば、幻獣に殺されるだけだ。

　椎名はふと芳野に目をやった。

　芳野はパンプスを脱いで、しきりに足をさすっている。

　よりによってパンプスかよ……。椎名はあきれると同時に、芳野に尊敬《そんけい》の念《ねん》すら抱《いだ》いた。先生は民間人なのに泣き言も不平も一切ない。状況もわかっている。

　しょうがないな。俺はこれまで要領よく生きてきたつけがまわってきた。

「芳野先生、足、大丈夫ですか？」

芳野はベンチに座ったまま、顔を上げた。にこっと椎名に微笑んだ。

「わたしが考えなしだったから。けれど、なんとかついてゆくつもりよ。だって君たちには『枕草子』も教えてないでしょ」

「俺、おぶりましょうか？」

「あ、俺がおぶります。椎名は背だけはひょろ長いけどパワー不足ですから」

　水野がすかさず名乗り出た。椎名より十センチ以上背は低いが、柔道《じゅうどう》をやっていたそうで横幅《よこはば》は広くがっちりした体型だった。

　さほど疲れているようには見えない。

「ありがとう。わたしなら大丈夫よ。そんなことより、女子のこと考えてあげて。本田先生、めちゃくちゃ言ってるから」

　芳野に微笑まれて、椎名と水野は顔を赤らめた。

「椎名、水野……それから青島。こいつらの面倒を見てやってくれねぇか？　あと三キロ稼《かせ》げば友軍が支援してくれる手はずになっている」

「けつ蹴っ飛ばしていいっすか？」水野が剽軽《ひょうきん》に尋ねた。なんだか学校にいた時より顔つきが生き生きとしている。

「ああ、どんどん蹴っ飛ばしてやれ。椎名、青島もだぞ。ん、青島……？」

　青島が廊下から重い足取りで歩いてきた。青島は男子の中では一番小柄で、地味な印象の少年だった。顔色が青い。

「どうした？」

「病院に向かう途中で、ゴブリンに絡《から》まれて。肩をやられました。今、薬と包帯《ほうたい》を探して手当てしてきたところです」

青島の互尊は肩の装甲がざっくりと削《けず》られていた。露出《ろしゅつ》した肌からは血のにじんだ包帯が見えている。本田らの視線を感じたか、青島は笑ってみせた。

「けど、大丈夫す。止血《しけつ》は済ませてありますから。昔、地元の消防団《しょうぼうだん》の講習《こうしゅう》で手当てを習ったことがあるんすよ。あと、包帯と薬品一式持ってきました」

「うん」

本田は満足げにうなずいた。青島の顔色は蒼《あお》かったが、目つきはより鋭く精悍《せいかん》になっている。野郎《やろう》ってのは化けるもんだな、と微笑を抑えることができなかった。

「目標は三キロ先の浄真寺。行軍隊形《たいけい》、方式は同じだ。ライトから目を離すな」

「了解」言ってから斉藤の声と重なったことに気づき、椎名はイラ子と視線を合わせた。イラ子はそっけなく横を向いた。


さくさくと土を踏み締めながら、三十人以上の影が行軍をしている。彼らは道をはずれ、枯れ田から枯れ田へ、藪から藪へと困難な道を選んでいた。

闇の彼方に、ひっきりなしに光が明滅《めいめつ》している。北東、そして西。包囲された友軍はなお必死の突破をはかっているらしい。西、熊本港の方角では熾烈《しれつ》な戦闘が行われていた。港への浸透をはかる敵に、友軍はなお抵抗を続けていた。

すでに五月七日。彼らが学校を出発してから二十四時間が経っていた。

「寺が見えますね」

坂上は暗視双眼鏡《あんしそうがんきょう》を手に、箕田にささやいた。

「あと五百メートル。なんとかなると信じたいものです。敵の気配《けはい》が強くなっています。わたしの勘《かん》だと、一キロエリア内に千以上のゴブリンが潜んでいますな」

「ええ。少なくとも二、三体は中型幻獣が交じっているでしょう。贅沢《ぜいたく》な連中ではあります」

贅沢な、と坂上が珍しく冗談を言うと箕田は白い歯を見せた。

他に自分たちと同じようなルートを取る隊がいるのか？　それとも自分たちだけのためにミノタウロスを送り込んでいるなら、まったく贅沢な連中だ。

突風《とっぷう》が吹き、木々という木々が鳴った。月は天空《てんくう》を明々と照らしている。彼らは枯れ田のど真ん中を進んでいた。

ざわざわ、と不吉な足音が聞こえてくる。坂上が合図をすると、全員が雑草が丈《たけ》高く生い茂る田の中に伏せた。「やり過ごします」坂上の言葉に、「むろん」と箕田は応じた。

問題の女子たちを囲むようにして椎名たちは伏せていた。誰かが足首を掴んだ。はっとして後ろを見ると斉藤が目を光らせてこちらを見ていた。

オッケー、というようにうなずいてみせると斉藤もうなずき返した。

几帳面に結《ゆ》い上げた団子は崩れて、ぴんぴんと髪が跳《は》ねているのが夜目《よめ》にもわかる。恒例《こうれい》の減らず口とやらをたたきたかったが、そんな状況ではなかった。さすがに敵が近いことが椎名にもわかった。

「小峰《こみね》。もうすぐだかんな、切れるなよ」

水野のささやく声が聞こえた。水野は小峰という女子の隣に寄り添うようにして、その背に手を当てていた。学校にいた頃は、斉藤嫌いで有名で、どちらかといえば輪《わ》の中心にいるような女子だった。椎名は彼女によく話しかけて、彼女を通して女子をまとめていた。

俺と同じだな。こういう状況に弱いんだ。それだけのこと。ないないづくしの貧しい学園生活だったが、いつも談笑《だんしょう》の輪の中心にいた彼女のことを思うと、椎名は胸が痛んだ。

ゴブリンだろう、足音がしだいに高くなっている。風に乗って妙に生臭い臭いが鼻を刺激する。幻獣に臭いなんてあったのか？　椎名は震えを押し隠そうと、地べたにへばりついた。

その時である。小峰が勢い良く立ち上がると、

「もうこんなの嫌っ！　家に帰してよ……！」と叫んだ。

瞬間、空気が凍った。水野は小峰を引き戻すことも忘れて、茫然とした表情で顔を上げている。椎名は何がなんだかわからなくなって「馬鹿野郎。伏せていろ！」と狼狽《ろうばい》した声で叫んでいた。

ちゃっ、ちゃっと機銃を装塡《そうてん》する音。本田が匍匐してくると、小峰を引き倒した。

戦闘は唐突にはじまった。守るには最悪の場所だったが、生徒たちを守るように円状《えんじょう》に機銃を配置した自衛軍の兵は、四方から押し寄せるゴブリンを倒してゆく。

跳ねてくる空薬莢《からやっきょう》がこつんと頭に当たった。

機銃音が鼓膜《こまく》に響き渡る。目の前で自衛軍の兵が機銃を腰だめにして撃っていた。

そういえば……斉藤は、しまったというように茫然とその場にへたり込む椎名から小隊機銃をもぎ取った。椎名が驚いて自分を見る。

「三脚と弾は……？」

「あ、ああ、水野が持っている。何を……」

椎名がしまいまで言い終わらぬうちに、斉藤は「水野、三脚と弾！」と叫んだ。水野の反応は早かった。三脚を兵と兵の間に置くと、

「とっとと据え付けろ」とせっぱ詰まった声で言った。

小隊機銃を三脚に据え付けると、水野が弾帯を取り付けた。「安全装置《あんぜんそうち》」水野の声に、斉藤は黙って安全装置を解除した。

隣で機銃音。斉藤は隣の兵を撃たぬよう銃の旋回範囲《せんかいはんい》を確認すると、引き金に指をかけた。

「馬鹿野郎！　そんな物騒なモン、とっととしまえ！」

本田の声が聞こえたが、その瞬間、目の前に十匹のゴブリンがこちらに向かって突進してくるのが映った。

夢中で引き金を引くと、目の前の光景が変わった。銃弾を受けたゴブリンが突進を止め、立ち往生し、ずたずたとなって、月明かりの下でダンスを踊っているように見えた。ゴブめ、ゴブめ……念じながら斉藤は敵を撃ち続けた。弾帯が尽きた時、誰かの手が伸びて、思いっきり頭をはたかれた。

「引き金を引きっぱなしでどうするんだ？　ええ？　弾の無駄遣《むだづか》いするんじゃねえ！」

そう言うと、機銃座《きじゅうざ》から突き飛ばされた。本田だった。本田は「弾帯！」と叫ぶと、すぐに安定した姿勢で迫りくるゴブリンを掃射しはじめた。

反対側から罵声が聞こえた。何匹かのゴブリンが兵に群《むら》がり、兵は銃床でゴブリンを殴りつけていた。斉藤は本田の横に置かれたサブマシンガンをひったくると、兵の前方に射撃を加えた。引き金を引いてすぐ離す。また引く——。

「助かったぞ」

その自衛軍の兵は斉藤を振り返りもせず言うと、すぐに射撃に移った。

不意に爆発が立て続けに起こった。

一瞬の炎に照らされて、宙《ちゅう》に舞うゴブリンの姿が斉藤の目に映った。ついで、風を切るような音が立て続けに響いて、あたりはしんと静まり返った。

「久しぶりだな、坂上大尉」

どこからか男の低い声がした。相手は丈の高い雑草の中から姿を現すと、坂上に向かって手を挙げてみせた。

「こんなことになって申し訳ない」

坂上はと見ると、伏せている生徒たちの真ん中で小隊機銃を構えていた。何が起こったかわからず、斉藤は、ぼんやりと坂上と二十メートルほど離れている黒い影を見つめた。

「残敵《ざんてき》はこちらで始末した。……それにしてもカスター将軍《しょうぐん》じゃないんだから、こんな場所で囲まれないでくれ」

声にはどこか状況を楽しんでいる響きがあった。

なんとかいう聞き慣れない将軍にたとえるところが異様《いよう》ですらあった。

「面目《めんぼく》ありません」坂上が神妙《しんみょう》に謝ると、声の主は声をあげて笑った。

「我々にゴブリンごときを狩らせるなんてね。坂上大尉じゃなかったらただじゃ済まんところだ。ああ、港までのルートだが、北北西に三キロ行くと廃品《はいひん》集積所がある。守るにも逃げるにも絶好《ぜっこう》のポイントなので、そこで状況をうかがってから港へ向かえ」

そう言うと影はふっと闇の中にかき消えた。

「これからあなたたちは?」坂上が闇に向かって声をかけた。

「南下し、共生派の村を二つ三つ潰してから、本土へおさらばするよ。……ああ、我々に出会ったことは内密《ないみつ》に」

無造作に言うと、あたりは真の静寂に包まれた。

肩をたたかれた。斉藤が顔を上げると本田が笑いかけていた。教室で見る笑顔じゃなかった。目が異様に光っている。

「先生、わたし……」

ほら、と弾倉の束を渡された。斉藤はおそるおそる受け取った。

「その銃はおめーにやるよ。にしてもだな、おめーはこれから血反吐《ちへど》が出るほどしごけばいい兵隊になれるんだがな」

だから兵隊なんかになりたくないの、と言いたかったが、斉藤は口をつぐんだ。

何故か勝手に体が動いていた。自分と……水野だけか。後の生徒たちはまだ地面にへたり込んでいる。嗚咽を洩らす女子を慰めもせず、「るせえ！」と一喝する本田の声が響き渡った。

「あれは指向性地雷ですか？　サイレンサ付きのマシンガンも持っていたし」

歩きながら箕田は坂上に声をかけた。例の物騒な救世主《きゅうせいしゅ》のことを言っている。

「昔から彼はクレイモアの使い方が上手でしてね。まあ、戦闘においては自衛軍の特殊部隊と同じですよ」

「なるほど」軍人らしく、箕田はうなずいた。

これまでに箕田が経験した最悪の状況だった。これが修学旅行だということを忘れていた。まさかあそこで叫び出すやつがいるとは。

「ところでカスター将軍って誰ですか？」

「ネイティブ・アメリカンを大量に殺した軍人です。まともな戦闘を経験しなかったため、最後は平原《へいげん》のど真ん中で敵に囲まれ死にました。さて……廃品集積所です」

彼らの目の前には、黒々とした廃品の山が林立していた。金属臭が鼻をつく。士魂号Lの砲《ほう》塔《とう》らしき影が目に入った。なるほど、兵器の墓場《はかば》というわけかと坂上は林立する小山を見上げた。

「十五分だけ小休止《しょうきゅうし》。夜が明けるまでに港へ到着します」

俺は役立たずだな、と椎名は肩を落としてひとりぽつんと座り込んだ。

何もできなかった。小峰が切れてから、自分も連鎖《れんさ》反応《はんのう》を起こすように何がなんだかわからなくなった。

それにしても先生たちは軍人に戻ってしまった。女子のほとんど……斉藤以外は限界だ。泣くのが普通なのに、本田先生は慰めようともしなかった。

わかる。泣くだけでなんの役にも立たない連中にイラ立つ気持ちはわかるんだけど、それにしたって怒鳴ることはないよな。

「どうした、小隊長？」

げっ。椎名は思わず立ち上がった。本田が近づいてくる。

「なにたそがれてんだよ？」

「え……ああ、俺、なんの役にも立てないから」椎名は本音を言った。

「僕ちゃんのプライドはずたずたですってわけか？」本田は冷やかすように言った。その言葉にかっとなって、椎名は本田をにらみつけた。

「俺たち、確かに出来は悪いですけど……女子を怒鳴ることないじゃないですか！」

「ほう、いっちょまえに言うな。俺は女子だから怒鳴ったわけじゃねえ。よく聞けよ、ここが肝心なところだからな。自分の意志で生きようとしねえヘタレを怒鳴ったんだ。しくしく泣いて、誰かが助けの手を差し伸べてくれるまで待ってるってか？　弱かったら弱いなりに頑張れ。泣きたくなったら歯を食いしばれって。自分が泣くことでどんなに人に迷惑をかけているかもわからねえ、そんなヘタレがこのクラスには多過ぎる」

本田の言葉は辛辣《しんらつ》だった。椎名は言葉を返せず、黙り込んだ。

「うん、せっかくだから言ってやろう。おめーは軍人には向いていねえ。けどな、向いてねえならそれなりに何かをやろうとしたか？　戦場ってのはな、ごまかしのきかねえ現実なんだよ。目を背けたってゴブの野郎は襲いかかってくる。こんなの嫌じゃ通らねえんだよ。考えろ、自分に何ができるかを」

言うだけ言ってから本田はさっさとその場を後にした。残された椎名は膝を抱え、頭を垂れて本田の言葉の意味を考えた。

くすくす、と笑い声が聞こえた。

泥だらけのパンプスが目に映った。椎名が顔を上げると芳野が微笑んでいた。

「本田先生に怒られたみたいね」

「悪いのは俺ですから」

椎名は照れ臭げに言った。

誰も自分を責めはしないけど、小峰に負けず劣らず大声を出してしまったのは自分だ。ただ、小峰の壊れ方がすごかったので、気がついていないのだろう。

「あと少しだから、頑張ってね。それだけ」

「……先生は平気なんですか?」

「足が痛いわね」

「そういうことじゃなく、こんな戦場の真っただ中に放り出されて」

椎名の言葉の意味を察すると、芳野はにこりと笑った。

「死ぬのはこわくないから。わたしが教えたたくさんの子たちが死んでいったわ。死んだらきっとその子たちに会えると信じているから」

椎名が言葉を失うと、芳野は「しっかりね」と言い残して去った。

芳野はあまりに多くの生徒の死を見送ってきた。生徒の死を聞かされるたびに彼女の心は傷つき、血を流していた。授業にはまったく出ない生徒たちが彼女のまわりにいつもいるのは、芳野のそんな悲しみをなんとなく感じるからだろう。

言葉にこそならなかったが、椎名もそんな芳野の思いを感じ取っていた。

椎名は足下を見つめたまま、物思いにふけった。

芳野先生を悲しませちゃいけないな、と思った。

坂上先生や本田先生が自分たちを救ってくれると信じていた。けれど、ただ信じるだけじゃだめなんだ。本田先生は生きる意志を持て、考えろと言った。平和な世の中であればなんとまあ……血が凍るほどくさいセリフだけれど、今は「くれくれ君」じゃだめなんだ。

そんなことが今、やっとわかりかけてきた。

「ヘタレってことか……」

椎名は顔を上げると、苦笑いを浮かべた。

「大正解」

頭上から声がした。上を見上げると斉藤が廃品の山の上からにこりと笑いかけてきた。

違うな。こいつの場合は「にやり」だ。意地悪そうなにやり笑いだ、と椎名は「芳野先生の微笑み」と瞬時《しゅんじ》に区別した。サブマシンガンを首にぶら下げて、如何《いか》にも兵らしく見えた。

「ずっと盗み聞きしてたってわけか」

「正確には違うわね。あんたを元気づけてやろうと思って近づいたら、先に本田先生が来て、次に吉野先生が来てわたしは最後の番になったってわけ。人気者は辛いわね」

「そんなんじゃねえよ」

斉藤は身軽に降り立つと、椎名の隣に座った。そのまま黙って正面を向いている。口許は引き締まっていた。椎名も意地比べ、というように黙り込んだ。

「……こんなものがあった」

しばらくして椎名はポシェットから半分ほどに減った板チョコを取り出した。斉藤は「ふん」と軽蔑《けいべつ》したように笑った。

「あと三キロ行軍分のカロリー」

「……そういうことなら食べてあげる」斉藤は板チョコをぽっきり三分の一ほど取った。

椎名もかけらを口に放り込む。

「甘いね」斉藤がぽつりと言った。

「うん」

ふたりはそのまま沈黙の意地比べを続けた。


まさか……。坂上は言葉を失って、廃棄物の山に埋《うず》もれた「それ」を見つめた。旧世代《きゆうせだい》の遺物《いぶつ》。すべて大陸に廃棄してきたと思ったら、こんなところで再会してしまった。瞬間、悪夢のような戦場の光景と、制御不能《せいぎよふのう》となり暴走する機体が記憶に重なった。試作実験機通称「X」。士魂号初期型のさらに前身《ぜんしん》。数字を持たぬのは記録から抹消《まつしよう》されているからだ。

ごく少数の者が記憶を保有《ほゆう》していたが、芝村以外の者で「それ」に関わった者はすでにいない。何故、こんなところに？　考えようとして、かぶりを振った。今日は昔馴染みとよく出会う。

黙ってその場を立ち去ろうとして、足を止めた。

何故だか機体が自分を呼び止めているような気がした。

コックピットを開けると中は比較的まともだった。してみると廃棄された原因は、脚部損傷《きやくぶそんしよう》、あるいは脚部損失《そんしつ》か？　一戦闘に耐えるのがやっとの脆弱《ぜいじやく》な人工筋肉。脚部のスペアを山ほど用意し、装甲をはずして軽快な動きを可能とした。

しかし、巨人たちは圧倒的な幻獣の海の中に埋没《まいぼつ》し、この機体に乗ったパイロットはそのほとんどが戦死を遂げている。

「敵、接近！」

箕田少尉の声に我に返った。坂上はコックピットから出ると、

「規模は？」と尋ねた。

「ゴブリン三百、厄介なことにミノタウロスが一体交じっています」

「退避《たいひ》します。全員、隠れてください」

敵はすぐに引き上げるだろう。やり過ごして、すぐに移動だ。

「了解」箕田はすぐに命令を伝えるべく駆け去った。

「聞け。今から三十秒後に敵さんがすぐ近くを通過する。それぞれ、隠れ場所を見つけて隠れろ。見つかったら俺たちは終わりだ。物音をたてたり、ヒスを起こして泣き出すやつは今度こそぬっころす」

本田はそれだけ言うと、隣に立つ芳野をうながして暗がりへと消えた。水野は本田に「ぬっころす」と言われた小峰の腕を引いてあたりを見まわしている。小峰は放心《ほうしん》したように手を取られるままになっている。

椎名と斉藤はどちらともなく顔を見合わせた。廃品集積所は確かに隠れ場所には困らない。ただし、廃品の山は不安定で、注意しないとすぐに派手な音をたてて崩れ落ちる。これまでず

っと闇の中を行動してきたせいで網膜細胞《もうまくさいぼう》は光源《こうげん》の乏《とぼ》しい世界に適応していた。

頑丈《がんじょう》そうなトレーラーがすぐ目の前に埋もれていた。

これなら潰されることはないだろう。椎名が迷わずトレーラーの下に潜り込むと斉藤も続いた。ふたりは自然と身を寄せ合って、闇の彼方から聞こえてくる音に耳を澄ました。

地響きが聞こえ、廃品の山から何かがからからと崩れ落ちる。

斉藤がそっと椎名の鼻先にあるものを置いた。チョコの束か？　と思ったら油の臭いがぷんと匂った。アサルトライフルの弾装《だんそう》だった。黙ってにらみつけると、斉藤はこれがわたし流の冗談よというように邪気《じゃき》のない笑みを浮かべた。

ざわざわ、とすでに聞き慣れた足音が聞こえる。ゴブリンが集積所の小山の間を縫うようにして飛び跳ねている。ミノタウロスは中には入ってこない。護衛《ごえい》か？　多くのゴブリンが戦線の後方でやられたために護衛についているのだろうか。

幻獣たちの足音はしだいに遠ざかってゆく。ふたりがほっと胸をなで下ろしたその時、不安定な廃棄物の小山が崩れて、悲鳴があがった。

細田？　椎名が声のした方角に目をやると、部品をはぎ取られ車体だけになった乗用車の屋根に小山から崩れ落ちた別の乗用車が突き刺さっていた。ぞっとした。細田は下敷きになった車体に身を隠していたのだろう。

斉藤が這い出そうとするのを椎名はあわてて止めた。

「離してよ！」小声で、しかし怒りを露にして椎名をにらみつけた。

悲鳴はその後、収まった。細田は必死に堪《こら》えているのだろう。そんな性格の少女だ。敵の気配が濃厚になった。

「助けないと……！」斉藤は椎名の手から逃《のが》れようと必死でもがいた。

銃声は起こらず、集積所の中はしんとしている。誰もが息を潜めて成り行きを見守っていた。

林立する小山の中央付近にはゴブリンが満ちあふれていた。悲鳴のあがった方角を探しているようにも見える。椎名と斉藤は百体以上のゴブリンを目の当《まあ》たりにしていた。

「撃て！」箕田少尉の合図と同時に、すべての小隊機銃が火を噴いた。密集《みっしゅう》していた敵は一瞬のうちに殲滅《せんめつ》された。

同時に斉藤と椎名も引き金を引いていた。

敵の位置がわからず、右往左往《うおうさおう》するゴブリンをふたりは何体か仕留《しと》めた。銃声を聞きつけ、殺到するゴブリンを、古参兵《こさんへい》が操作する機銃は次々と葬《ほうむ》っていった。

しかし……。不意に不吉な風切り音が響いたかと思うと、周囲が炎に包まれた。集積所の外周を警戒していたミノタウロスが生体ミサイルを放ったのだ。

本能的な危険を感じて、ふたりはへばりつくように地に伏せた。強酸の飛沫《ひまつ》が飛んで、すぐ鼻先で廃棄物が炎を上げ、あるいはじわじわと煙を上げながら腐食していった。

機銃は屈《くっ》せず、合間を縫ってゴブリンに射撃を加え続ける。しかし、この戦力でどうやってミノタウロスを撃破できるのか？

大損害を受けたゴブリンは去り、代わってミノタウロスの生体ミサイルが次々と集積所内で爆発した。じきに新手《あらて》が押し寄せてくるだろう。そうなったら……。

「今のうちに細田を……」

斉藤がよく光る目で椎名を見つめた。

その瞬間、椎名は斉藤の唇《くちびる》に自分の唇を合わせていた。何故だかはわからない。どうしてそんなことをしたのかもわからない。ただ、そうしたかった。

イラ子の唇はチョコレートの味がした。

「俺も行くよ」

斉藤が口を開くより先、椎名は外へ飛び出していた。斉藤も負けずに続く。ほどなくふたりは必死に苦痛を堪《こら》えている細田を発見した。落下した乗用車のバンパーは屋根を突き破り、細田の左足を潰していた。

その惨状《さんじょう》を見て、椎名は息を呑んだ。どうすればいいんだ？　引っ張り出すことは不可能だ。廃棄されたとはいえ、落下した乗用車は一トンはあるだろう。

椎名の目に垂直《すいちょく》に突き刺さった乗用車の車体が映った。車体の三分の二、いや半分でも吹き飛ばすことができれば……。

「……そうか、迫撃砲」

「え？」斉藤が切迫《せっぱく》した表情で声をあげた。

「迫撃砲でこいつを吹き飛ばす。車体を軽くすれば細田を引っぱり出せるよ。けど、細田には相当に負担を強《し》いることになる」

考えただけでも辛そうだ。ただでさえ足を潰され、神経が悲鳴をあげているのに、これに爆発の衝撃が加わったならば。

「これを使おう」

背後で声がした。振り返ると青島が、物陰から顔を出した。手には衛生兵用のモルヒネを持っている。使い捨ての注射器で、中には適量のモルヒネが入っている。

「病院で休んでいた時に探してみたんだ。必要になるかもしれないと思って」

「……だったら早く使ってくれよ」椎名の声が険しくなった。

青島はうなずくと、ガラスが抜き取られた窓から体を差し入れた。

「どう、細田？」斉藤が尋ねると、細田は真っ青《まさお》な顔をしてうめいただけだった。

「あの……自衛軍の人、お願いがあるんですけど。迫撃砲でこの突き刺さっている車、吹き飛ばしてくれませんか？」

椎名が声をかけると、「馬鹿を言うな！」と声が飛んできた。

「迫撃砲弾てのはな、対人用、対小型幻獣用の榴散弾なんだよ。鉄のかたまりには効かねえ。二十ミリ機関砲でもありゃ別だけどな」

椎名と斉藤、青島は茫然として立ち尽くした。なんという素人考え。だったら手榴弾を集めて、と言おうとしたが、もっとひどいことになると気づいた。中の細田までも巻き添えにしてしまうだろう。

ちっくしょう。どうすれば、どうすればいいんだ……？

地響きが起こってミノタウロスが接近してきた。だめなのか？　やっぱり俺はヘタレなのかと椎名は悔しげに奥歯を嚙み鳴らした。

その時のことだった。鈍い射撃音が聞こえたかと思うと、垂直に切り立った乗用車に重たげな銃弾が突き刺さった。銃弾は正確に車体を切り裂き、やがて刃物で切断されたように乗用車はきれいに両断《りょうだん》され、転がり落ちた。

誰が撃ったのか？　三人は考える余裕もなく細田を引っぱり出した。そして失神《しっしん》した細田をトレーラーの下へと運び込んだ。

なんというしぶとさだ、と坂上は驚嘆《きょうたん》していた。

闇に葬られた「X」の生体脳《せいたいのう》は生き続けていた。バッテリを待機状態にして、仮死《かし》状態となることによってたんぱく燃料の消費《しょうひ》を抑《おさ》えていた。

わたしを確かに呼んでいる。戦闘がはじまった直後に坂上は再びコックピットにすべり込んでいた。まさか、そんな馬鹿なことが……とは思いながら、神経接続《しんけいせつぞく》を試《こころ》みる。人型戦車はパイロットひとりひとりの個体用に特化《とっか》された兵器であるため、調整《ちょうせい》を施さない限り、他の者がアクセスしても反応はない。それを確認して安心したかった。

「X」の狂った生体脳とは二度と関わりたくなかった。しかし接続した途端、坂上の全身を電流のような思念《しねん》が通り過ぎていった。

悲嘆《ひたん》、憎悪《ぞうお》、そして飽《あ》くなき生への執着《しゅうちゃく》。コンソール画面に起動《きどう》プログラムの文字列が異常な速さで流れたかと思うと、「ALL GREEN」の一行で制止した。

坂上は「X」の生体脳と同調《どうちょう》していた。

悪夢のようなグリフが過ぎ、視界の端《はし》に生徒たちが見えた。ミノタウロスが迫り、ゴブリンが友軍の姿を求めて殺到しつつあるというのに、そんなことも忘れたかのようにクラスメイトを助けようとしている。

（……最後の力を使ってくれますか？）

坂上の思念《しねん》に反応するかのように、廃棄物の瓦礫の中から「X」の右腕が持ち上がった。構えているのは前世代のアサルトライフル。二〇ミリ機関砲弾が吐き出された。

「ミノタウロス接近！　目標は腹部。俺が合図したら各自、ありったけの弾をたたき込め！」

どこかに隠れている箕田が、全員に向け、怒鳴った。

無理だ。そんな悠長《ゆうちょう》なことをしている間に、敵は彼らを発見して各個《かっこ》に潰してゆく。ちらとレーダーを見るが、破壊されている。暗視《あんし》モード、視認《しにん》に頼るしかなかった。ミノタウロスが接近してきた。距離百。集積場の隅の小山にハンマーのような剛腕《ごうわん》をたたきつけると、小山は一瞬にして消し飛んだ。

距離五十。三十。突如《とつじょ》として小隊機銃が一斉に火を噴いた。「X」はアサルトライフルを敵の腹部に向けると全弾をたたき込んだ。

大爆発が起こって、ミノタウロスは四散した。爆風を受け、廃棄物の山がが次々となだれを起こす。優勢に立った箕田の小隊は、残るゴブリンを次々と片づけていった……。

ぷつり、と音がしてコンソールの光が消えた。「X」は射撃姿勢のまま息絶《いきた》えていた。神経接続オフ。サングラスの下の坂上の瞳がわずかに潤んだ。

大陸からの撤退時に機密保持《きみつほじ》のため射殺された「生体脳」たち。最後の生き残りとこんなかたちで出会うとは——。最後の戦いを求めて、彼女はずっと待ち続けていたに違いない。意識の隅に「X」の最後の言葉が刻まれていた。

——わたしは生きていた。忘れないで。

涙をぬぐい、コックピットの外に出ると、戦闘は終了していた。かつての「戦友《せんゆう》」に敬礼を送ると、坂上は生徒たちのもとへ向かった。

それから——。夜明け前に彼らは潮《しお》の匂いを嗅いでいた。市内での戦闘は激烈《げきれつ》を極めているらしく、港では敵の姿を見ることはなかった。51号線に出ると「熊本港五百メートル」の看板《かんばん》を横目に、陣地群の中へと駆け込んだ。

「ようこそ熊本港へ。ありゃ、修学旅行の皆さんですか?」

陣地を守る兵のたちが、世にも奇妙な組み合わせの一行を出迎えた。

「状況は?」

坂上が尋ねると、陣地守備の隊長はかぶりを振った。

「今は小康状態を保っていますが、じきに敵さんが束になって攻めてくるでしょう。とにかく、一刻《いっこく》も早く船に乗ることですな」

埠頭が見えてくると、生徒たちは歓声《かんせい》をあげた。悪夢のような闇夜の行軍は過ぎ、目の前には朝の光を浴びて輝く海があった。鼻孔《びこう》に染《し》みついた硝煙《しょうえん》の臭いを忘れさせてくれるような潮《しお》の香《か》が風に乗って運ばれてくる。

埠頭には数隻《すうせき》の輸送船が停泊していた。箕田少尉ら自衛軍の兵たちは坂上らに向き直ると一斉に敬礼を送った。坂上らも黙って敬礼を返す。

「感謝します」

「こちらこそ」

短く言葉を交わすと、自衛軍の兵らは、汽笛《きてき》をあげて出港準備に入った輸送船に向かって、駆け出していった。

「さて、我々の船は……」

桟橋《さんばし》の突端《とったん》にぽつりと係留《けいりゅう》されているホバー艇《てい》があった。近づいてみると、予想よりはるかに小さなVIP用の船だった。収容人員はよくて八名というところか。坂上は苦笑を浮かべると、「全員、ウォードレスを脱いで乗船」と言った。

潮の匂いを胸一杯に吸い込んで斉藤は蘇生《そせい》したような気がした。

有明海《ありあけかい》は波静かで、朝日を浴《あ》びて金色に光っている。心も体も限界で、今にもその場に倒れ込みそうだったけど、行く先には生が待っている。

それにしても——斉藤は椎名の横顔を見た。どさくさ紛れにあんなことを。斉藤は急にしかめ面になると、唇に手をやった。椎名はといえばあんなことをしたというのに、今は水野たちと馬鹿話をしている。

「ウヒ、下関に行ったらまた女子校に間借《まが》りするのかな？」水野の能天気《のうてんき》な声が響く。

「そんなことわかるかよ。けど、男子校に間借りなんていったら悲惨《ひさん》なことになるな。自衛軍の基地だったら男ばっかりだけど飯には困らないぞ」

「あ、それ、俺も聞いた。基地所属になると食券を支給されるって。とんかつ定食とかあるらしいぜ。あとエビフライ定食」

「そういやラーメンが食べたくなってきたな。とんこつ味のこてこてのやつもいいけど、下関だと醬油《しょうゆ》味が主流かな」

椎名も薄ぼんやりした顔で能天気なことを言った。

まったく……こいつの辞書には反省《はんせい》という言葉がないのか？　猿《さる》以下だ。斉藤は憤然《ふんぜん》として椎名をにらみつけた。ようやく視線に気づいたらしく、椎名が「あれ」という顔になった。

「どうしたんだ、斉藤？」

「……まだ目的地に着いてもいないのに。油断してるとひどい目に遭うよ。ここまでのこと、忘れたわけじゃないでしょ？」

斉藤はきゅっと唇を曲げて皮肉に笑った。しかし椎名は「もちろん」と、あっさりとうなずくと、斉藤に向かって笑いかけた。

「もうへとへと。二度とあんな目には遭いたくないな。……なあ、斉藤」

椎名はぐっと顔を近づけてきた。うっ、煤《すす》と埃で汚れているけどこいつやっぱりハンサムだな、と斉藤は知らず後ずさった。

「団子頭が崩れている。すごいことになっているぜ」

椎名はポシェットから手鏡《てかがみ》を出すと、斉藤の頭を映した。とたんに斉藤はにやりと物騒に笑うと、椎名の横っ面を思いっきりグーで殴った。


「こらこら、なにじゃれ合っているんだ！　乗船するぞ」

本田が赤ずくめの格好で、怒鳴った。桟橋にへたり込む椎名の頭をこつんとやってから、

「女の子をイジメちゃだめじゃねえか」

にやりと笑った。

「そんな……殴られたのは俺のほうですよ」

「ま、男は殴られてなんぼだ。この斉藤がそんなことをするのにはわけがあるはずだ」

「めちゃくちゃですよ」

椎名は身を起こすと、怪訝な顔で斉藤を見た。

坂上が船から顔を出した。

「困ったことになりました。ホバー艇が空襲による銃撃を受けていましてね。操舵《そうだ》手《しゅ》は死亡。たった今、埋葬《まいそう》を済ませてきたところです」

「埋葬って……」本田は絶句した。しかしそれ以上追及せず、物問いたげな生徒たちの顔を見渡した。全員、ウォードレスを脱いで、憔悴《しょうすい》しきった顔をしている。細田は青島と水野が面倒を見てやっているらしい。モルヒネが効いているのか、今は昏々《こんこん》と眠っている。芳野は相変わらずにこにことしているが、顔色は土気色《つちけいろ》に近かった。

まだまだ前途多難《ぜんとたなん》ってやつか、と本田はため息をついた。

「それで……船は誰が操船するんです？」

「それなら心配ありません。わたしがなんとか。しかし問題は別にあります」

その時、悪寒《おかん》のするような風切り音が空にこだました。生体ミサイル！　倉庫街《そうこがい》の一画でミサイルが爆発して爆発と同時に濛々《もうもう》と煙を上げた。

唐突に友軍陣地から銃撃が起こった。埠頭に据え付けられたあらゆる火砲が殷々《いんいん》とした砲声を響かせて火を噴く。

「とにかく船へ。一刻も早く港を離れましょう」

「聞いたか？　とっとと乗船しろ！　ぐずぐずしてっと生体ミサイルの餌食になってこんがり焼き上がっちまうぞ！」

本田に急かされ、全員が乗船を終えると、すぐにホバー艇は発進した。どごっと不気味な音がして一隻の輸送船の横腹に大きな穴が穿《あ》いた。

「ちっくしょう。スキュラまで来てやがる！　先生、沖《おき》へ」

「わかっています」

坂上は冷静に言うと、ぐんぐんと速度を上げた。贅《ぜい》を尽くした高速ホバー艇の加速はすばらしく、純白《じゅんぱく》の波しぶきを上げながら港から遠ざかってゆく。

瞬く間に小さくなってゆく埠頭を眺めながら椎名は斉藤の隣に並んだ。グーで殴られた跡がまだヒリヒリする。殴られて、なんとなく理由がわかった。確か俺、あの時——。

実は記憶が曖昧だった。冷静なつもりでいてもパニくっていたのかもしれない。やっぱり俺、ヘタレは卒業できないのかな、と思った。

「あー、その……悪かったよ」

悪かったよ、と言われて斉藤はきっと振り向いた。口許を皮肉にゆがめる。

「謝られる覚えはないけど？　あんた、なんかしたの？」

そう言われて椎名は顔を赤らめ、斉藤から目をそらして港の方角を眺めた。数条の黒煙が天高く立ち昇っている。銃撃、砲撃の音は遠くなり、波の音にかき消えた。

俺たちはあの中にいたんだな……。何度も死ぬ目に遭いながら、なんとか生きている。そう思うと隣のイラ子がなんだか愛《いと》しく、懐かしかった。

「……ヘタレな男は嫌いか？」

「うん。完璧《かんぺき》、パーフェクトに嫌いね」斉藤はあっさりと言った。

気がつくと斉藤も港の方角に視線を向けていた。

「俺はイライラのイラ子もけっこういいかも、と思うようになってきた。その……団子頭もらしいしさ、おまえの憎まれ口聞いてないと寂しいかも。俺って変かな?」

「……相当変だと思うよ」

斉藤のまなざしにやさしげな光が宿った。椎名は照れ笑いを浮かべた。

「わたしのファーストキス盗《ぬす》んだ。利子《りし》を付けて返して」

「ローンでいいかな?」

「……特別にローンにしてあげる」

すでに港は視界から消え、ふたりは黙って波しぶきを眺め続けた。


「ちっくしょう、青春してやがるなー。恥ずかしいやつらめ」

操舵室の窓から本田は、椎名と斉藤の姿を見て悪態《あくたい》をついた。

「本土に戻ったら、先生もお相手を探したらどうです? あ、けど、その赤ずくめはやめたほうがいいかも。せめてピンクにするとか」

簡易《かんい》ベッドに寝ている細田の様子を見守りながら芳野が微笑んだ。

「あのねえ……このパンクスタイルでピンクだったら馬鹿ですよ」

「そうでしょうか? なんならスーツ姿でイメージチェンジをはかるとか。パンツスーツ、似合うと思いますけど」

「……先生は元気ですね。あっ」

本田はパンプスを脱いでいる芳野の足を見て愕然とした。青黒く腫《は》れて、豆《まめ》が潰れて血がにじんでいる。

「先生、足の手当て。気がつかなくてすんません」

本田が備え付けの衛生箱を手に取ると、芳野はにっこりと微笑んだ。

「……さて、そろそろ燃料が尽きます」

操舵していた坂上の声が割り込んできた。

「どういうことです？」

「燃料タンクに見事に穴が穿いていましてね。救援が来るまで漂流《ひょうりゅう》というわけです」

冷静かつ淡々と言われて、本田は返す言葉を失った。現在地は島原湾《しまばらわん》を出て天草灘《あまくさなだ》へ差しかかろうとするところだった。長崎《ながさき》方面への上陸は論外《ろんがい》だ。熊本がこうなった以上、長崎はとっくに陥落《かんらく》しているだろう。

「とりあえず五島列島《ごとうれっとう》に方角を取ってジ・エンドですね」

そう言うと坂上はホバー艇の速度を落とした。

彼らが東シナ海で潜水艦《せんすいかん》に救助《きゅうじょ》されたのは、二日後のことだった。

＊

下関の港は混乱を極めていた。兵員を満載《まんさい》した輸送船が、フェリーが、ひっきりなしに入港し、埠頭には兵のための炊き出しが行われていた。

豚汁《とんじる》の匂いとカレーの匂いが微妙に入り交じり、飢《う》えた兵らが群がっていた。

空腹を抱え、食べ物の匂いがする方角へ駆け出そうとする生徒たちを本田は一喝した。

「馬鹿野郎！　まだ自由行動は許してねえぞ！」

「けれど先生。三日間、ほとんど何も食っていないんですよ、俺たち」

椎名が生徒を代表して言った。

「こういう時こそ秩序《ちつじょ》立った行動をするもんだ。な、斉藤」

「それはそうですけど……」生まじめに応じた斉藤の腹が、ぐうと鳴った。顔を赤らめる斉藤を見て、本田は声をあげて笑った。

本田の視界に、たたた、と全力疾走《しっそう》でこちらに向かってくる少女に気がついた。

「なんだかやけに赤い人がいると思ったら……先生！」

「おお！　田辺《たなべ》じゃねえか。……にしてもなんなんだよ、そのメイドエプロンは？」

田辺と呼ばれた少女は、穏やかに微笑んだ。青い髪に眼鏡、5121小隊の制服の上にメイドエプロンを着けている。手にはなんと、おたまを持っていた。

「これ、気に入っているんです。炊き出しのお手伝いしているんですけど、先生たちも如何《いかが》ですか？　それともまず遠坂《とおさか》君にお会いになりますか？」

「遠坂っていうと、あの若様《わかさま》か？」

「ええ。門司《もじ》からの撤退支援を自分がやるんだって張りきっています。ほら、今、港に入ってくるフェリー、遠坂君の会社のです」

遠坂海運《かいうん》とペイントされた数隻のフェリーが入港するところが本田の目に映った。

「……偉《えら》くなりやがったな」本田は満足げに微笑んだ。

「わたし、遠坂君を尊敬しているんです。あら噂をすれば……」

ミッドナイトブルーのスーツに身を包んだ長身の少年が悠々とした足取りでこちらに向かってくるところだった。

「お久しぶりです、先生」遠坂は洗練《せんれん》された仕草《しぐさ》で頭を下げた。女子生徒の間から、ほうとため息が洩れた。汚れ放題汚れている自分たちとは別世界の住人のように思えたのだろう。

「ご活躍のようですね。除隊《じょたい》されたと聞きましたが」

坂上が話しかけると、遠坂はにこやかに微笑んだ。

「ええ、今は一介《いっかい》の民間人にすぎません。しかし、善行司令の案に従って、門司からの撤退支援をしているところでしてね」

入港してくるフェリーから歌声が一斉に起こった。『突撃行軍歌《ガンパレード・マーチ》』過酷な戦場で戦い続ける学兵たちの心の支えともなっている歌だった。何人かの生徒が唱和《しょうわ》して歌いはじめた。

「あの……先生、俺たち」

椎名が遠慮がちに口を開いた。

「ああ、忘れていた。よし、おめーらは炊き出しの列に突撃《とつげき》してよし！」

「待ってください。先生の教え子でしたらわたしがご馳走《ちそう》しますよ。どうせ突撃するなら、これを持って下関ステーションホテルへ突撃してください」

遠坂は名刺《めいし》を取り出すと、裏にさらさらと何やらしたため、椎名に手渡した。

「芝村資本《しほん》らしく、ホテルにはがさつな料理しかありませんがね。量だけは保証します」

名刺の裏に書かれた内容を読んで、椎名は懇願《こんがん》するように教官を見つめた。坂上と本田は顔を見合わせ、笑った。

「芳野先生、こいつらの引率お願いしていいですか？」

「はいはい」芳野はにこっと微笑むと、歓声をあげる生徒たちと一緒に歩み去った。

「それで……状況はどうなっています？」

芳野と生徒らが去った後、坂上が冷静に尋ねた。本田も真剣な表情で遠坂を見つめた。

「善行司令の計画は完璧なものでした。撤退はほぼ百パーセント成功です。ただし……」

遠坂は憂鬱な表情になって下を向いた。

「速水《はやみ》君と芝村さんが現在、最後まで門司埠頭に残って、僚機《りょうき》の撤退を支援しています。なんとしてもふたりを救いたい。救いたいのですが、問題がありまして……」

「わたしたちに手伝えることがあれば……」坂上の言葉に、遠坂の表情が明るくなった。

「俺も可愛い教え子のためならなんだってやるぜ」

本田も胸を張って請け合った。

遠坂はしばらく考えていたが、やがて「うん」と確信めいた声をあげた。

「ホテルの駐車場までご一緒願えますか？」

広大な駐車場《ちゅうしゃじょう》には派手な深紅の士魂号軽装甲が駐機《ちゅうき》していた。その傍らには対照的に地味な迷彩を施した複座型が駐《と》まっている。

軽装甲の脚下の特製ベンチには浅黒い顔をした本田と同い年くらいの男がふんぞり返っていた。男を取り囲むように四人の少女が口々に何やら説得している。

「如何ですか？　荒波《あらなみ》司令は？」

遠坂が尋ねると、茶髪の少女が申し訳なさそうに首を振った。

「なんだかへそを曲げてしまって。砲台代わりなんて嫌だって。どうせ三番機を助けるなら俺が逆上陸《ぎゃくじょうりく》して、敵を全滅させてやるって」

「当たり前だ！　軽装甲の大天才がそんな地味な任務できるわけないだろう」

荒波司令と呼ばれた大尉は不機嫌に叫んだ。

「大天才だぁ？」なんとなく事情を悟《さと》った本田の低い声が響いた。

全身赤ずくめの本田に気がつき、荒波はぎょっとしたようだった。つかつかと近づく本田を怪訝な面持ちで見上げた。

「な、なんだ、君は？」

本田の迫力に気圧《けお》されて、荒波は思わず腰を浮かした。

「５１２１小隊の元教官で本田ってもんだ。いいか、おめーが今、へそを曲げている瞬間にも俺の可愛い教え子は戦っているんだよ」

「む。だから俺が上陸して敵を掃討してやると言っているだろう」

「馬鹿野郎！　つべこべ言わずに手伝え！　頼む、後生《ごしょう》だから……」

本田の最後の声は祈《いの》りに近かった。本田は深々と頭を下げている。隊員たちの視線が、そして遠坂らの視線も必死で懸命なものだった。

「……わかった。うむ、教え子を思うその気持ち、この荒波、しかと受け取った！」

荒波は照れ臭さを隠すためか、わざと芝居《しばい》がかったセリフを口にした。

「そうと決まれば……俺のローテンシュトルムの状態は？」

「ええ、ええ。最高の仕上がりですよ」

遠坂がにこやかに言った。少し前まで田辺と一緒に最終点検を行っていたのだ。

「ローテンシュトルム……」本田があきれたようにつぶやいた。

にしてもうるさいやつだな、と本田はあきれてホテルの会議室に設《もう》けられたスクリーンに映し出された映像を見守った。

フェリーに搭載された荒波機は砲台代わりとなって、浮き桟橋に掴まり曳航《えいこう》されてゆく三番機を援護していた。

「はっはっは、当たる、当たるぞ！　あー、無線を聞いている君たち、これがどんな高等技術かわかっているかな？」

「大天才ですっ！」茶髪の少女がしかたなく、大声で賛美《さんび》した。

「ああ、スキュラのやつら、ぶるっているな。散開をはじめた。うむ、よい作戦だが、この荒波には通じんぞ」

荒波機は神速《しんそく》の速さでバズーカを左右の手に装着すると、別方向に二発。埠頭では左右に散開した二体のスキュラが大爆発を起こした。人類側に空中要塞と恐れられたスキュラも荒波機の前には形無《かたな》しだった。

「荒波司令、それぐらいで」

善行の声が聞こえた。すでに荒波機は三番機に追いすがるスキュラを十体以上撃破していた。

「なんだ、もう終わりか？　これでは俺が困るではないか。せっかくやる気を出したのに」

「作戦目標は達成《たっせい》しました。感謝《かんしゃ》します」

三番機を曳航したフェリーは港へと入った。九州総軍・人類側の最後の盾を目の当たりにした兵らがわっと歓声をあげた。

本田は坂上と顔を見合わせて微笑んだ。そう、あいつらを育てたのは俺たちだ。俺はあいつらを生涯《しょうがい》誇りに思うだろう――。

本田は照れ笑いを浮かべると、ぐすりと鼻をすすり上げた。

大破1、任務続行

白球が弧《こ》を描いて青空に高々と舞った。

歓声を上げ、ホームベースに駆け寄る相手チームのナインを眺《なが》めながら、終わったな、と佐藤まみはマスクを上げ、ふっきれたように微笑《ほほえ》んだ。

マウンドの神崎《かんざき》が肩を落として歩み寄ってくる。まったく……な～にが新魔球だよ。ライジングボールの出来損《できそこ》ないで、バッターのお友達ってなへろへろ球だ。

「ごめん、今イチコースが決まらなくて」

あのな、コースじゃないんだよ。あんたの球に球威《きゅうい》がなかったの、と佐藤は言おうとしたが、代わりにポンとミットをたたいてみせた。

「ま、最後の試合だし、勝ち負けは関係ないよ」

「……ごめん」神崎《かんざき》はひょろ長い体を縮めるようにして謝った。

「ヘボピッチャーにしちゃ6点しか取られなかったじゃん。それに、試合ができただけで嬉しいんだよ」

「佐藤……ううう」

神崎が涙ぐんで、佐藤に抱きついた。サヨナラ負けを喫《きっ》したナインが次々とふたりのもとに歩み寄ってくる。

「このアホ！　あんた絶対才能ない！　これからはバッティングピッチャーでもやりな！」

威勢《いせい》の良い声が響いて、神崎ははっとして声の主を振り向いた。

レフトの榎本《えのもと》が、不機嫌な顔をして神崎をにらみつけていた。

「そう！　あんたは紅陵《こうりょう》女子ソフトボール部の恥《はじ》だ。この負け犬！」

ライトの川上《かわかみ》の声だ。散々、打ったのに、神崎のお蔭《かげ》で敗戦続き。他のナインも口々に、神崎を「負け犬」呼ばわりする。

「まあまあ、普段は二桁《けた》は取られていたじゃん。神崎も亀並《かめなみ》には進歩しているんだよ」

佐藤が半ば冗談で取りなす。実はナインも本気で怒っているわけではない。萎《しお》れる神崎を見るのが面白くて、わざときつい言葉を投げかけるのだ。

紅陵女子ソフトボール部、最後の試合だった。すでに部活をする余裕はなくなっていた。この後、部は解散して、生徒たちは学兵として訓練を受け、前線へと赴《おもむ》くことになる。

すでに自衛軍の制服を着た数人の教官が派遣《はけん》され、職員室に陣取っている。学年のスピーカー……情報通によれば親玉は戦車隊の中尉だそうで、むさくるしい髭《ひげ》の男だということだ。詳細情報を、とコッペパン一個を渡すとスピーカーは話しはじめた。

髭は、まず声が大きい。そして、女性教諭にやけに丁寧《ていねい》だ。茶を汲んでもらって「恐縮《きょうしゅく》です」と言っているのを目撃したという。

本当にコッペパン一個分の情報だ、とその時佐藤は思ったものだ。

というのも、佐藤はソフトボール部の部員たちと話し合って、戦車兵に志願しようと思っていたからだ。紅陵女子はこれまでに多くの戦車兵を出している。戦車兵のメッカというところだが、自衛軍の教官が現場に復帰し、三年生の先輩たちの多くが戦死してから戦車兵の養成《ようせい》は途絶《とだ》えている。

生き残る確率が一番高いのは……、と部室で散々に議論したものだ。郵便連絡兵！ と誰かが提案《ていあん》したが、まずまとまって動けないので却下《きやつか》。衛生隊、鉄道警備兵、交通誘導兵も提案されたが、倍率が高いだろうと見送ることにした。

希望者が多い場合は、抽選《ちゆうせん》で、外れた場合は戦車随伴歩兵《スカウト》にまわされるとの噂《うわさ》が生徒の間でまことしやかに語られ、彼女らもそれを信じていた。

戦車随伴歩兵は論外。ウォードレスひとつで化け物と白兵戦なんてぞっとしないし、市内のアホ学校や少年院出身の連中と一緒に戦うのは嫌だった。そんなわけで紅陵女子伝統の戦車兵を志願することに決めた。

衛生兵＆連絡兵∨鉄道警備兵∨交通誘導兵∨戦車兵∨戦車随伴歩兵
これが彼女らの認識《にんしき》だった。

「それじゃ今日は解散。明日の朝礼が正念場《しようねんば》だからね」

長たらしい校長の訓辞《くんじ》に貧血を起こす者が続出して、校長は教師たちに半ば拉致《らち》されるように壇上《だんじよう》から引きずり下ろされた。「国家のために」が七回出てきたな、とぼんやり思いながら佐藤は仲間たちを見まわした。クラスの列から抜け出して、部員同士、固まっていた。

「髭」

榎本がつぶやいた。ようやく教官の出番というわけだ。髭は自衛軍の制服姿で、世にもいい加減な敬礼をしてからマイクに近づいた。

「俺は自衛軍の那智《なち》中尉である。あー、なんでもこの学校では各兵種、志願者優先ということで、俺が募集役を務めることになった。あー、それでは希望する兵種を呼んだときに前に出るように」

佐藤はごくりと唾《つば》を呑《の》んだ。髭はひとしきり生徒を見渡してから、怒鳴るように言った。

「まず、戦車随伴歩兵！　……は希望者ゼロだな。よし！」

何人かが進み出ようとして、拍子《ひょうし》抜《ぬ》けしたように立ち止まった。秒殺《びょうさつ》で歩兵はスルーだ。

なんなんだこの髭、と佐藤は那智なる人物に興味を持った。

「次はオートバイ歩兵全般！」

十人以上が進み出た。彼女らは、これからオートバイの訓練に励《はげ》んで主として連絡・郵便任務に携《たずさ》わることになる。

「話が違うじゃん。競争率低いよ」神崎がぼやいたが、全員に無視された。最前線を行き来するか、安全な後方か、彼女らはどこに配属《はいぞく》されるかわからない。しかも孤独な仕事だ。

「鉄道警備兵！」

これにはわっと希望者が群がった。これには理由がある。安全で、ヒマで、しかも物資の輸送、保管を管理しているために余得《よとく》も多かった。先輩たちがチョコレートや食料をもってよく母校に来てくれる。

「あー、鉄道警備兵は抽選を待つように。次は交通誘導……」言い終わらぬうちに、これにも志願者が集まった。これも後方支援の兵種で比較的安全だからだ。

「あら、茶道《さどう》部も同じこと考えているじゃん」

榎本があきれたように佐藤に言った。茶道部の部員たちもクラスから離れてまとまって、交通誘導小隊に志願していた。

佐藤は部員全員で話し合った結果を思い出していた。理想は安全で、しかも部員全員がまとまって働ける兵種。しかしそんなムシのよい兵種はなかなかない。競争が激しいだろうし。歩兵よりは装甲に守られている分、ましだろうと延々議論した末に戦車兵に落ち着いた。

「さて、戦車兵を志願してくれる奇特《きとく》なお嬢さんはいないかな？」

髭の口調が急に変わった。近頃では戦車兵の消耗《しょうもう》が激しく、どこの学校でも悪い噂が広まっているようだ。

「じゃあ、行くよ」

佐藤は部員に言い置くと一歩踏み出した。神崎と数人がぐずぐずしていたが、佐藤と榎本、川上《かわかみ》、そしてショートの橘《たちばな》が強引に引きずり出した。佐藤はさらに一歩進み出ると、「紅陵女子ソフトボール部部員一同、戦車兵を志願します！」と叫んだ。

「うむ。物好きが二十六人。まあ、俺の顔も潰《つぶ》れずに済んだってやつだな」

選抜が終わった後、戦車兵に割り当てられた教室で髭は上機嫌《じょうきげん》で話しはじめた。

志願したのはソフトボール部全員と、2A、2Bの仲良しグループ。皆、神妙《しんみよう》な顔をして髭の言葉を待っている。二十六名の女子に見つめられ、髭は苦笑いして天井を見上げた。

格好悪いなー、と佐藤は髭の教官を観察《かんさつ》していた。

教官といえばやっぱりテレビの「スッチー」シリーズだ。ドジなスチュワーデス見習いが、颯爽《さっそう》とした教官に惚《ほ》れて一生懸命頑張るってやつだ。オートバイ兵の教官は格好良かったな。背が高くてスリムで。ピッチリしたライダースーツが似合いそうだった。それに比べると髭は顔は見事なまでにまん丸、小太りだし、もみ上げからもじゃもじゃと髭を生やしている。目だけが鋭いからなんだか刑事ドラマの犯人役みたいだ。

そんなことを佐藤が考えていると、那智は生徒らに視線を据《す》えて話しはじめた。

「あー、自己紹介する。俺は那智浩一。一応中尉ということになっている。前線帰りでな、教官ははじめてだ。貴様らも知ってのとおり、戦況はかんばしくねえ。教官ができるような連中は、前線に引っ張られ、不足している状況だ。うん、そこの金髪……佐藤か。かまわねえ、なんでも聞け」

那智は座席表を見ながら質問を許可した。

「教官はどうして前線から戻ってきたんですか？」

素朴《そぼく》な質問に那智は、にやりと笑った。

「教官不足解消のため、ということになっている。教官を前線に引っ張ってみたり、学兵のスキル向上と称して戻してみたり、上の連中が考えることはわからねえ。俺の戦車のクルーはそれぞれ学校に散っていった」

「あの……教官の幻獣撃破数は？」榎本が手を挙《あ》げて尋《たず》ねた。

「撃破数、ときたか。さすがに戦車兵をたくさん出している学校だな。七十八だ」

ほうっと感嘆の声。しかし那智は不機嫌な顔で続けた。

「三分の二は開戦初期にやったものだ。現在のように物量に差が出てくると、どんどんやりづらくなる。消耗《しょうもう》した兵の代わりに入ってくるのは戦車を動かすのもやっとの新米ばかりだしな。以上、無駄口は終わりだ。授業をはじめるぜ」

那智は黒板に向かうと、慣れない手つきでチョークを動かしはじめた。書き終えると同時に、チョークがぽきりと折れた。

「読んでみろ、金髪《きんぱつ》」

「……死んで花実《はなみ》が咲くものか。なんです、これ？」

「文字どおりの意味だ。死んだらなんの意味もねえ。俺ぁ前線帰りだからな、いろんな戦車隊、戦車兵を見てきた。サーカス団みてえな見事な動きをして中型幻獣と渡り合う隊もあったし、英雄を気取って敵に特攻する隊もあった。まったくヘタレで、整備不良を理由に適当にさぼるやつらもいた」

「そんな……隊があるんですか？」

神崎が不安そうに言った。

「ま、戦車隊の数だけ、戦車兵の数だけ、いろんな作戦があるってこったな。おまえたちの教育期間は実のところ二週間しかねぇ。サーカス団なんて無理だし、英雄になんて絶対なれやしねえ。その前に死んじまうからな。そこでだ……」

那智は教卓をどん、とたたいた。生徒たちはびくっとして椅子《いす》をずらして後ずさった。

「俺が考えたのがおまえらを『待ち伏せ』専門の隊に仕立て上げること。コンシールメント……あー、つまり隠蔽《いんぺい》だな。こいつを徹底してやる。隠《かく》れたところから敵を狙撃《そげき》して、また隠れる。おまえらが生き残るにはそれしかねえと考えた」

ダサイ、ダサ過ぎる文句だ……佐藤はあきれて那智を見つめた。

他の者たちも同じ気持ちらしく、全員が黙《だま》っていると、那智は「せっかく俺が無い知恵を絞って考えた決めゼリフだぞ。死んで花実が咲くものか。声に出して復唱《ふくしょう》しろ！」と言った。生徒たちはしぶしぶと声に出して復唱した。

「ねえ、どうしてこんなことしてるわけ？」

神崎が首に巻いたタオルで汗をぬぐった。

三月の終わりとはいえ、すでに一時間、彼女らは延々《えんえん》とグラウンド隅でシャベルを動かし続けていた。オートバイ兵を志願した連中は、ハンサムな教官に指導され、きゃっきゃと笑いながらバイクのスロットルを握っている。それに比べて……那智は校庭の隅に長方形の白線を描いて、「この中の土を二メートルの深さに掘り抜け。ああ、この一辺には三十度の傾斜を入れること」と言うとどこかへ消えてしまった。

ジャージ姿の彼女らはシャベルとタオルを渡されて、汗だくになって「土木」をやっていた。

「んなことわかんないよ。わかるのはさ、あの髭が変わり者だってだけ」

榎本はいらだたしげに痺《しび》れる腕をさすった。隣の「作業場」で作業している合同仲良しグループは、地べたにへたり込んで、作業の半分も進んでいない。

「文句言うなって。うん、あと十センチ掘ればちょうど二メートル。川上、スロープの方はどう？」

佐藤が巻き尺で深さをはかりながら満足げに言った。こういう単調な作業は実は嫌いではない。考え事ができるし。

「スロープ完成！　あとはパンパンに固めて……」

川上の元気の良い声が聞こえた。うん、ソフトボール部は体力命と思いながら佐藤はうちひしがれているお隣さんに声をかけた。

「もうちょいがんばれよ！　髭に怒鳴《どな》られるぞ」

「……もうダメ。これってしごきと違う？」仲良しグループのひとりが言い返してきた。

「ふっふっふ。しごき上等。わたしたち、そんなの慣れているもんね。手伝おうか？」

その言葉を待っていたらしく、隣の女子たちは歓声をあげた。

「おう、上出来《じようでき》上出来。よおし、おまえらよくやった」

三十分ほどして髭が顔を出した。土と泥《どろ》にまみれたジャージ姿の少女たちを見渡して、満足げにうんうんとうなずいている。生徒たちは質問する気力もなく、その場に座り込んでいた。

「おーい、こっちだ！」髭が叫ぶと、グラウンドの通用門から二両の戦車が姿を現した。ハッチの機銃座から自衛軍の兵がむっつりとこちらを見ている。

二両の戦車は、スロープを下ると、ピタリと穴の中に収まった。砲塔《ほうとう》がだけがはかったように穴から露出《ろしゅつ》していた。

へえ、そういうことか。なるほどな。佐藤が目を見張ると、自衛軍の車長らしき少尉がぼやくように言った。

「早いとこ済ませてくださいよ、中尉。こちらも忙しいんですから」

「わかってるって。さあ、おまえら、こいつに土をかけてありったけの草で覆《おお》い隠せ。制限時間は三十分、とっとと動け！」

しばらくして二両の戦車は無惨《むざん》にも土中に埋まった。砲身だけが辛うじて露出している。プロの目から見れば欠点だらけの隠蔽だったが、那智は「うん」と大きくうなずいた。

「わかったろ？　おまえらはこうして敵を待ち伏せる。土木半分、戦闘半分ってところだな」

「はぁい」

重労働に精も根も尽き果てた生徒たちが生返事《なまへんじ》をした。

他の生徒たちは不満なようだったが、佐藤だけは違った。自分たちにはたくさんのことはできない。こんなことでなんとか戦えるならいいじゃん、と割り切った。

ジャージ姿にタオルを頭に巻きつけてのガテン系訓練は翌日も、翌々日も、その次の日も続いた。さすがにホンモノの戦車は手配できなかったので、校長の乗用車を失敬《しっけい》して花壇の中に隠蔽したり、戦車の張りぼてを使って訓練に励んだ。土木作業は慣れだ。はじめはへたってい た仲良しグループも日焼けし、心なしか二の腕がたくましくなっていた。

「教官、校長が車の盗難届を出したみたいですよ」

グラウンド土手に並んで腰を下ろして佐藤がスピーカーから仕入れた情報を那智に耳打ちすると、那智は「うへぇ」と頭を抱えた。

校長の愛車は花咲き乱れる花壇にネットを被せられ、巧妙《こうみよう》に隠蔽されている。

「イタズラじゃ済まんだろーな」

「自慢の車でしたから。校長の癖《くせ》にせこせこ一生懸命磨《みが》いているんですよね」

佐藤が不安げに言うと、那智はにやりと笑った。

「……だったら放っておけ。発見されなかったら、俺たちの勝ちだ。見つかったら修行不足」

「そういう問題じゃないと思いますけど」

何日か接するうち、那智という教官には子供っぽいところが多いなと佐藤は思うようになった。校長の車を手慣れた様子で失敬してきた手口には、犯罪者かと思った。これじゃ幻獣撃破数七十八のエースだって組織《そしき》ってやつからはじき出されるかもと思った。

那智はどうやら佐藤のことが気に入ったらしい。金髪、金髪と何かと声をかけてくる。実際、佐藤はソフトボール部のキャプテンだけあって、人望があった。それはいいんだけど……と、佐藤はグラウンドのトラックを走っているバイクの群れを見やった。生徒たちは驚くほどうまくなっている。そりゃ自信がなければオートバイ兵は志願しないだろうさ。

それに比べてこちらは相変わらず泥だらけになって穴掘りの毎日だ。このまんまじゃたくましくなり過ぎて男子に縁がなくなっちゃうかも、と佐藤は内心でため息をついた。

「ほれ」

生姜《しょうが》入り紅茶のペットボトルを渡されて、佐藤はさえない顔で受け取った。

「あの……クラスの総意なんですけど、わたしたち、いつになったら戦車に乗れるんですか？」

ぐびりと紅茶を口に含んで、佐藤は、うぇーという顔になった。

「実はおまえらに配備されるはずだった士魂号Lは前線に送られちまった」

「え……横取りされたんですか？」

佐藤はとがめるような目で那智を見た。しかし那智は平然と佐藤の視線を受けた。

「前線はすげーことになっている。人も戦車も足りねえ状況だ。Lは虎《とら》の子の主力戦車だからな、新規編成の小隊よりは現場優先だ」

「もう校長の車隠すの、飽《あ》きました」

佐藤はすねるように言った。シミュレータを使っての戦車実習は行っていたが、コンピュータの野球ゲームをプレイして野球をやっていると勘違いするようなもんだ、と思っていた。要するに子供だまし。実物を見て触ってみないと教習にはならない。先輩たちが士魂号Lで戦闘する様子を、以前ニュースで見たことがある。それは見事なものだった。訓練を重ねてそうなったのだろうが、自分たちにはその機会すら与えられないのか？

悄然《しょうぜん》とする佐藤を那智はじっと見つめていたが、やがてぽつりと言った。

「おまえ、ちょいとまじめ過ぎるな。そういうやつは早く死ぬぞ」

「……はぁ」

髭だるまにそんなこと言われたくないわい、と佐藤は内心で反発した。

「実はLとはほんの少し違うが、戦車なら手配できんこともねえ。ただし、ちょっと扱うのが厄介《やっかい》なシロモノでな。陳情《ちんじょう》すべきかどうか、実は迷っている」

「……本当ですか？」

佐藤はころっと態度を変えて、目を輝かせた。

「うむ。……どうすっかな」那智は気難《きむずか》しげな顔で考え込んだ。

「贅沢《ぜいたく》言いません！　戦車と名の付くものならなんでもいいです！　わたし、オートバイ兵の子たちが羨《うらや》ましくて。初日から実車訓練ですよ！」

佐藤がここぞとばかりに畳《たた》みかけると、那智はにやと笑った。「へっへっへ」薄気味《うすきみ》の悪い声で笑うと、「クラスの総意ってやっていいんだな」と念を押した。

翌日、グラウンドに鎮座《ちんざ》する六両の戦車を見て、佐藤らは愕然《がくぜん》とした。

なんなんだこれ、という顔に皆なっている。士魂号Lとは似ても似つかぬ、小さくてずんぐりして、車高が高くて、一二〇ミリ砲の砲身だけがえらそうに伸びている。デザイン的にバランス感覚を無視したとしか言いようのない不細工《ぶさいく》なシロモノだった。

なんだかシュークリームみたいだな、と佐藤はぼんやりと思った。

「モコスだ。旋回《せんかい》砲塔がないいわゆる突撃砲ってやつだな。自走砲と呼んでもかまわねえ」

モコスかよ……。格好も不細工なら、名前も不細工だ。佐藤がため息をつくと、ソフトボール部の面々が寄ってきた。

「これ、パス！」榎本が責めるような目つきで言った。実は昨日、話はついたからと散々、彼女らを期待させていた。佐藤は不機嫌に顔を背けた。

「けど、佐藤だって教官を相手に頑張ったんだし。しょうがないよ」

神崎が取りなすように言った。ううう、神崎、泣かせることを言うな。

「そうだよ。一応、一二〇ミリ砲がついてるし、エースだった教官が手配したんだろ？　だったらそんなハズレじゃないと思うけどな」

ショートの橘も佐藤をフォローして言った。

「……ごめん」榎本が謝った。キャプテンに任《まか》せる、と言ったのは自分たちだった。

そんな彼女らのやりとりを聞いていたらしく、

「あー、このモコスってやつは、元々軽ホバー輸送車のシャシーに強引に一二〇ミリ砲をくっつけたもんだ。自衛軍の戦車兵はこいつを見るなり逃げだしちまった。旋回砲塔はなし、最高速度は驚くな、なんと二十キロときたもんだ。どうだ？」

どうだ、と言われても困る。佐藤は口をとがらせて抗議《こうぎ》した。

「こんな兵器じゃ戦えません！」

「ふん。生意気言うじゃねえか。だったらおまえらにLを任せて敵と満足に渡り合えるのか？ ま、全員仲良く戦死だな」

那智は薄笑《うすわら》いを浮かべながら、少女たちひとりひとりを見据えた。自信のある者なんていない。誰もが目を伏せ、あるいは横を向いた。

「……教官は知っていたんですね？」不意に佐藤が口を開いた。

「うん？」

「わたしたちの隊にモコスでしたっけ？　この不細工な戦車が配備《はいび》されること」

「不細工はねえだろ。これでもLより優れたところもある。前面装甲は厚いし、それから……あー、とにかく使いようによっちゃ威力を発揮する」

生徒たちが黙っていると、那智は「さて」と腰に手を当て全員をにらみつけた。

「さっそく穴掘り開始！　今回のノルマは三十分以内！」

「そんな……無理」言いかけた佐藤を那智はじっと見つめた。

「十秒が過ぎた」

生徒たちはあわててシャベルを手にすると、モコスの寸法《すんぽう》を目算《もくさん》し、戦車壕《ごう》を掘りはじめた。

那智が操縦するモコスは重たげなホバー音をあげながら戦車壕に収まった。佐藤らは何度も繰り返した手順に従って、モコスに迷彩ネットを被《かぶ》せ、隠しきれない部分には粘土《ねんど》状の土を塗りつける。

なだらかな起伏のある花壇が瞬《またた》く間《ま》に出来上がった。

うん、我ながら見事な隠蔽だな、と佐藤は知らず微笑んでいた。なんだか土木の人か植木屋さんになったような気分だったが、隠蔽だけは誰にも負けない、と自負する自分に気がついて、「あはは」と声に出して笑った。

「おう、才能あるじゃねえか。グッジョブってやつだな」

那智が土の中から這《は》い出してきて生徒たちと並んで隠蔽の出来映《ば》えを眺めた。

えっへっへ、そりゃそうだろうよ。こっちだって努力してるんだからね。

佐藤はクラスメイトと話し合って、ネットにはあらかじめどこにでもある雑草を結《ゆ》わえ付け、被せる土は粘土質のものをブロックに固めて、さらに草木を植えつけるという工夫をしていた。

それでも隠しきれない部分を調整するというわけだ。

「明日から本格的に戦車実習をはじめる。編成表はその時に発表する。以上、解散！」

そう言い置くと、那智はさっさと校舎へと向かった。


旧紅陵女子ソフトボール部は紅陵女子α《アルファ》小隊として、その八日後に初陣《ういじん》を飾った。小隊長となった佐藤の一号車はモグラ、ショートの橘が車長を務める二号車はオケラ、そしてレフトの榎本は三号車・ズボラの車長を務めることとなった。

前線五百メートル後方に到着すると、乗員は一斉にモコスから飛び出し、シャベルを抱え、狂ったように穴を掘りはじめた。ウォードレスのありがたさ、人工筋肉のおかげで、瞬く間に戦車壕は完成する。戦車を乗り入れ、彼女らは全員で隠蔽をはじめた。前線へ向かう自衛軍の兵があきれたように彼女らを見つめた。

ふっふっふ、わたしたちは隠蔽の鬼だからね。ハンパじゃないんだよ。他隊の兵の視線を感じながら佐藤は得意げに微笑を洩《も》らした。

車内に収まり、潜望鏡《せんぼうきょう》式ペリスコープをのぞきこむ。一キロ前方では士魂号Lが、ミノタウロスと熾烈《しれつ》な戦車戦を展開していた。前線突破をはかる敵集団に対して、きれいに散開したかと思うと、巧妙《こうみょう》な十字砲火を浴びせはじめた。

「うめえもんだなあ。あいつらは堅田《かただ》の戦車隊だ。オール三年の編成だろうな」

無線から那智の声が車内に響き渡った。那智は彼女らの後方の高台に陣取って、掟破《おきてやぶ》りの「解説役」を務めていた。

「オール三年とわたしたち二年生じゃ違うんですか?」榎本が不満そうに尋ねた。

「訓練期間の違いだな。まあ、そうとんがった声を出すな」

那智は冷静に応じた。

「わたしたち、支援射撃しなくていいんですか?」と佐藤。

「焦るな。俺たちは連中が討ち洩らした敵さんを片づける。この先の歩兵の塹壕陣地《ざんごうじんち》じゃミノ助は食い止められんだろうからな」

残飯《ざんぱん》整理かよ、と佐藤は一瞬憮然《ぶぜん》となったが、すぐに考え直した。わたしたちはそういう役目なのだ。チームの誰もがスラッガーじゃないし、脚光《きゃっこう》を浴びるエースじゃない。ショートの橘みたいに地味にバント一筋だっていいじゃん。レッツ・ポジティブ・シンキングだよ、と佐藤は自分に言い聞かせた。

一両の士魂号Lが炎上した。

同時に二体のミノタウロスがこちらへ接近してくる。

砲手席に座って、佐藤は照準器《しょうじゅんき》に一体のミノタウロスを捉えていた。距離は六百。ミノ助はじきに友軍の歩兵陣地を蹂躙《じゅうりん》するだろう。

「撃ちます」佐藤が緊張した声で通信を送ると、「焦るな」と那智の声が応じた。

二体の敵は歩兵陣地に接近してくる。どうして？　と思いながら佐藤は引き金に指をかけたまま、じりじりと射撃開始の合図を待った。

不意にさらに一両、Lが炎上した。

「ミノタウロス三、きたかぜゾンビ三、北東から接近。戦車隊が後退していきます」

レーダーに目を凝《こ》らしていた神崎が報告した。

「全員、待機」那智の声。ばたばたと耳障りなローター音が聞こえ、自分たちの頭上を通過していった。佐藤は、ほうっとため息をつくと、引き金から指を離した。

微妙なところだった。もしあのミノ助を撃っていたら、ゾンビの野郎に発見されていたかもしれない。そうなったらこのモコスじゃ逃げることもできず、敵と差し違えるしかないだろう。

「神崎、よく冷静に見ていたな。誉《ほ》めてやる」

「そんな……視認《しにん》だけに頼るなって教官に言われてましたから」神崎は照れくさげに応じた。

「今日は、まあ、こんなところだ。敵がいなくなるまでおとなしくしているんだな。いいか、絶対に優勢な敵とは戦うんじゃねえぞ。3対3でもだめだ。3対2は微妙、3対1ぐらいの状況で敵を狙い撃ちするんだ。以上、戦闘解除の指令があるまでトランプでもやってろ」

トランプ？　こんな狭い車内でどうやってやるんだよ、と佐藤は忌々《いまいま》しげに唇を噛んだ。

初陣だというのさえないラストだ。にしても、この居住性の悪さはなんとかしてくれ、と佐藤は思った。とにかく狭い。砲手席の真横三センチのところに一二〇ミリ砲の駐退機《ちゅうたいき》がある。レール式なので安全なことはわかっているが、なんとなく気分が悪かった。

「佐藤よ。それから皆も聞け」

那智があらたまった口調で話しかけてきた。

「俺は本日付をもって前線に舞い戻ることになった。こんなかたちで別れるのもなんだが、まあ、俺は現場の人間だからな。らしくていいと思った」

「そんな……卒業式も済んでないのに」佐藤は絶句した。

無線機の向こうから笑い声が聞こえてきた。

「これでさよならだ。いいか、絶対に死ぬんじゃねえぞ。手向《たむ》けの言葉はそれだけだ。なんたって俺たちの合言葉は」

「死んで花実が咲くものか、ですよね」

涙声になっている自分に気づいたが、佐藤はかまわず言った。

「うん」

那智の満足げな声が聞こえて通信は切れた。

髭だるま、格好つけやがって……佐藤は目元を腫《は》らして、砲手席で突っ伏した。運転席で神崎の嗚咽《おえつ》する声が聞こえた。


那智が去ってから十日が過ぎていた。

佐藤は紅陵α小隊の小隊長として、各地で転戦を重ねた。不細工なモコスで戦場に駆けつけ、大急ぎで穴掘りをはじめるα小隊に、他の部隊の兵らは怪訝《けげん》な目を向けたが、どんな目で見られようとも、何を言われようとも、佐藤はどこ吹く風で自分たちの流儀《りゅうぎ》を通した。

独立駆逐《くちく》戦車小隊というのは、この点、ありがたかった。指令といえば、どこそこの戦区に向かい支援せよとの抽象的なものだったし、モコスの、しかも学兵の小隊に期待する者などほとんどいなかったのが幸《さいわ》いした。

「十一時の方角にミノタウロス三、ゴルゴーン五、ああ、スキュラも一体いるね」

佐藤がペリスコープをのぞいて言うと、レーダーに目を凝らしていた神崎も「うん」とうなずいた。自分らの出番はミノ助、ゴル、スキュりんのどれかが孤立した時だけだ。

半地下に潜った車体に、くぐもった戦場の音が聞こえてくる。この機銃音は九六式、この重たげな射撃音は高射機関砲のもの。ああ、珍しいな自衛軍の重迫撃砲だ、と佐藤らは戦場の音には敏感《びんかん》になっていた。

不意に無線が鳴った。

「聞こえますか？　こちら紅陵3B小隊飯田《いいだ》千翼長。同じ紅陵の戦車隊なんて懐かしいわね」

佐藤は、はっとして無線機にかじりついた。

「もしかして先輩……ですか？　紅陵の戦車隊はほとんど残っていないって聞きましたけど」

飯田と名乗った千翼長は、ふふ、と笑った。

「そうねえ。今や天然記念物かもね。そちらの位置は？」

「D8の塹壕陣地後方です。隠蔽して、敵を待ち受けているところです」

しばらく間があった。やがて飯田の穏やかな声が響いた。

「ナイス・コンシールメント！　盛り上がった地面の上に空き缶やらバイクの残骸《ざんがい》まで置いてあるとはね。わたしたちはこれからミノを削りに行くところ。お互い、死にたくないわね」

「ご武運を」

飯田の穏やかな声に、佐藤はかえって恐縮《きょうしゅく》してしまった。飯田らの士魂号Lは、体を張って敵を食い止めようとしている。それに比べてわたしたちは……。ただ待つだけ。

「友軍戦車隊、敵と遭遇《そうぐう》します」

神崎の声が聞こえた。ペリスコープに目を凝らすと、一体のミノタウロスが爆散《ばくさん》するところだった。

よっしゃ！　佐藤はぐっと拳《こぶし》を握り締めた。

紅陵と自衛軍合同の戦車隊は、次々と敵を葬《ほうむ》ってゆく。

「あれが戦車隊ってモンだよね」

榎本の声が聞こえた。近頃の榎本は口数が少なくなっている。元々型破りで攻撃的な性格だから、待機、待機の日々が辛いのだろう。そう思って佐藤は気をつけている。

「……そうかもね。けど、わたしたちにはわたしたちの役目があるじゃん。ホームラン打つだけが野球じゃないよ」

何度も話し合ったことだった。そのたびに榎本は納得するのだが……。

「けど、わたしはホームランがビシバシ出る野球が好きなの！　ねえ、戦況はこっちに有利になっている。わたしたちも前進して敵をやっつけない？」

「今なら大丈夫、だと思うよ」川上の声も聞こえてきた。

「だめ」

佐藤はぴしゃりと言った。

「わたしたちの役目を果たそうよ。モコスが戦車戦やったってやられるだけだって」

「……わたしもそう思う。操縦だってド下手《へた》だし」

神崎が佐藤をフォローした。神崎、大好きだよ。佐藤は操縦席をこつんとやった。

不意に数両の戦車が爆発し、擱座《かくざ》した。ちっくしょう、スキュりんかよ。この分じゃ一体なんてことはないな。佐藤がスコープに目を凝らすと、神崎の切迫した声が聞こえた。

「スキュラ二、新たに接近！　友軍戦車隊、後退します！」

煙幕が張られ、友軍の戦車は一斉に後退をはじめた。また一両、スキュラの直撃を受けて炎《えん》上《じょう》した。今日も出番はなしかな、と佐藤はため息をついた。

「だめだ……」

榎本の声が聞こえた。なんだか様子がおかしい。

「どうしたの、榎本？」

「先輩たちが……友軍がやられているのに、こんなモグラみたいに隠れているのはもう嫌だ」

榎本の声の調子に、佐藤はぞっとした。前から感情の起伏《きふく》が激しくて、はしゃぐ時とふさぎ込む時の落差は激しかったけど。今の榎本は完全に後者になっている。

「だめ！ 川上、榎本を止めて！」

佐藤が必死に呼びかけると、川上から返事が返ってきた。

「わたしも榎本に賛成なの。みんなが命を張って戦っているのに、自分たちだけズルして、こんなところで隠れていて。ごめんね、佐藤」

川上の声は冷静だった。それだけにかえって危うさを感じる。

「だめぇ――っ！」

佐藤の叫びも通じず、三号車は忽然《こつぜん》と戦場に姿を現した。そして煙幕の彼方から追撃してくるミノタウロスに砲撃を加えた。長砲身の滑腔砲から放たれた鉄甲弾は一直線にミノタウロスの胴体に突き刺さり、敵は大爆発を起こした。

「よし、このまま前進！」

無線を切り忘れたか、榎本の声が響く。「了解」川上の声が続いた。佐藤は茫然として遠ざかっていく三号車を見守った。正面のミノタウロスがまた一体、爆発。その間にも友軍の戦車隊は高速で後退を続けている。

突出したことに気づいたか、三号車もホバーを噴かして後退をはじめた。

その時、強風が吹き、煙幕が流された。佐藤は愕然として目を疑った。

三体のスキュラが三号車の正面に浮かんでいた。左右からはミノタウロスとゴルゴーンが迫りつつあった。そして数千単位のゴブリンが、露出したモコスを無視して塹壕陣地へと殺到《さっとう》する。機銃が一斉に火を噴いた。

「逃げて！　榎本、逃げて！」

次の瞬間、ビシ、と硬質な音が響いたかと思うと、三号車が爆発した。同時に三号車の一二〇ミリ砲弾は一体のスキュラを貫《つらぬ》いていた。

「榎本、川上――っ！」

佐藤は絶叫した。神崎も、そして他の仲間たちも声を限りに叫んだ。しかしそれまで三号車があった場所には、何も残っていなかった。

地響《じひび》きが起こったかと思うと、異様《いよう》なかたちをした巨人が横合いから姿を現した。スキュラが方向転換する間もなく、巨人はぐんと身を屈《かが》めると、次の瞬間、あたりは一面オレンジ色の業火に包まれた。

「ちっくしょう……」

佐藤はあふれる涙をひっきりなしにぬぐいながら、奥歯を噛み締め、あらゆる戦場の音に耳を澄ませた。ちっくしょう、死んだって……死んだってここから一歩も出てやるもんか。わたしは絶対に死なないから！　みんなを絶対に死なせないから！　神崎がすすり泣く声が洩れ聞こえてきた。

「ちっくしょう」

佐藤はもう一度つぶやくと、オレンジ色の業火《ごうか》をしっかりと目に焼きつけた。

ソックスハンター列伝
ソックスギャルソーンの憂鬱

「この話を聞けば、ぬしゃ二度とまっとうな道を歩めなくなるかもしれん。それでも聞く勇気がぬしゃにはあるね？」

中村光弘《なかむらみつひろ》は気難しげに、しかも重々しく茜大介《あかねだいすけ》に告《つ》げた。傍《かたわ》らでは岩田裕《いわたひろむ》が薄笑いを浮かべている。挑発されれば誰彼《だれかれ》かまわず嚙《か》みつく茜の習性を徹底して研究したのだ。

果たして茜は「ふ」と余裕の冷笑を浮かべて言った。

「君たちの変態趣味《へんたいしゅみ》のことはよく理解しているつもりだよ。この忙《いそが》しい戦時下で何をやっているんだか。君たちのような人のことを真性《しんせい》変態っていうんだろうな」

茜はそう毒づくと、軽蔑《けいべつ》のまなざしで中村と岩田を見つめた。

「フフフ、あなたのその余裕《よゆう》、いつまで続くんでしょうね？　わたしたちはこんなものを持っているんですよ〜〜〜〜」

岩田がＳ・Ｍのイニシャルが刺繡《ししゅう》されているソックスをひらひらさせると茜の顔色がさあっと変わった。丈夫《じょうぶ》そうな綿《めん》の黄と青の横縞《よこじま》ソックス。こ、これは姉さんの……！　茜の血のつながりのない姉の森精華《もりせいか》は何故《なぜ》か横縞のソックスを好んで穿《は》いている。

「おまえら、姉さんに何をしたんだ？」茜の声は完全に裏返っていた。

「まあ、聞け。魚心《うおごころ》あれば水心《みずごころ》たい。ぬしゃさえある条件を承知すれば、このソックスはぬしゃのモノとなる。このソックスは、まる一日は穿いておるな」

「ま、まる一日……」茜の喉《のど》がごくりと鳴った。まる一日の単語がエコーのように響く。

「フフフ、わたしたちはあなたが森さんの部屋で何をしているかも知っていますよ」

とどめとばかりに岩田が「当てずっぽう」を言う。すると茜は顔を真っ赤にして、「くそ、盗聴器《とうちょうき》でも仕掛けていたのか？」と乗ってきた。

そ、そんな大したことはしていないつもりだ。ただ姉さんのベッドに寝そべって枕《まくら》に顔をすりすりしたり、脱ぎ捨てられたまま部屋中に散乱しているジーンズを物欲しげに眺めただけだ。僕は断じて変態じゃない！　しかし、このソックスは……欲しい。もとい、変態どもの手から取り返して姉さんに返すんだ。それが弟の務めというものじゃないか？

「……わかった。条件を呑《の》もう」

茜ががくりと肩を落とすと、中村と岩田は顔を見合わせてにやりと笑った。

「なに簡単なことばい。ぬしゃ俺らの同志《どうし》となり、これからはソックスギャルソーンとして活動することになる」

岩田からソックスを渡され、茜は急いでポシェットに収めた。ここ南関《なんかん》インターチェンジでは幻獣《げんじゅう》の襲撃《しゅうげき》に備えて自衛軍《じえいぐん》が、学兵《がくへい》たちが警戒態勢に入っている。こんな緊迫《きんぱく》した状況下で、こんな馬鹿げたことをやっているのは僕たちだけだ、と茜は暗澹《あんたん》たる思いに捉われた。このソックスは、戦争が終わったらこっそり姉さんの部屋のタンスに忍《しの》ばせておこう。そ、それまではソックスは僕の管理下に置いて、このポシェットに……。ポシェットは姉さんの匂いでいっぱいになるだろうな。だめだ！　そんなことを想像するな。茜のシナプス結合は洪水《こうずい》のような妄想《もうそう》に満たされ、あげく、くらっとして茜はよろめいた。

「そこまでだぜ」

不意に声が聞こえた。茜がぎょっとして顔を上げると、滝川陽平《たきがわようへい》がたたずんでいた。中村と岩田は余裕たっぷりに滝川を見た。

「転《ころ》びソックスハンターが俺らになんの用ばいね？」

滝川は以前、「ソックス一トンの価値は金塊《きんかい》一トンに勝《まさ》る」とささやかれ、ソックスロボとして活躍したことがあった。しかし生徒会連合に囚《とら》われの身となり、今では彼女らの密偵《みってい》役として情報収集に努めていた。

「ここに俺が押収《おうしゅう》したソックスがある。誰のものかわかるか？」

滝川は淡いピンク色のソックスをちらりと見せた。中村と岩田は、はっとして「こ、これは伝説の……」とうわずった声をあげた。

「そうだ。芳野《よしの》先生の自宅用ソックスだ。生徒会連合の追及から解放してやる代わりに遠坂《とおさか》から俺が譲り受けたものだ。これと引き換えに茜を解放するか、さもなきゃ今ここで生徒会連合を呼んできたってかまわないんだぜ」

「滝川……」

茜は、滝川にも三行分もの会話ができるんだと、あらためて親友を見直す気になった。

「芳野春香先生のソックス……」中村の鼻からつつと鼻血《はなぢ》が滴《したた》った。芳野先生といえば、戦車学校時代の彼らのアイドル。憧《あこが》れの女教師であった。

中村はふらふらと滝川に歩み寄ると、

「ソックスギャルソーンは死んだ」とつぶやき、ピンク色のソックスを受け取った。

「ここは俺に任せて、逃げるんだ、茜」と滝川。

「き、君は僕の生涯《しょうがい》の友だっ！」

茜は叫ぶと、一目散《いちもくさん》に駆け去った。背中に「ノオオオ」と岩田の怒号《どごう》が聞こえる。

「どうして片方しかないんですか？　わたしに、くださいっ！」

「しぇからしか！　リーダーは俺たい」

中村と岩田が醜《みにく》く言い争う声が聞こえる。ふたりはじきに取っ組み合いの喧嘩《けんか》をはじめることだろう。あ、そういや姉さんのソックス……。茜はソックスがポシェットに入ったままであることを思い出した。きっと姉さんの匂いでいっぱいになるんだろうなと茜は思いながら、憂《ゆう》鬱《うつ》な、しかし幸せそうな笑みを浮かべるのであった。

きむらじゅんこの憂鬱IX

キャラクター・デザイナーにして挿し絵画家！

こんにちはー！きむらじゅんこです。

こうやってまた、さしえをかくことが出来てとてもうれしいです。

5121の皆ともずいぶん長いつきあいに…。

この原稿を描いている時に（下描き用の）紙を…

（コピー用紙なのですが）かえました。

なんだかすっごいけばけばしてて

使いにくいんですよね…。

私は、PC上ではあまり線を

修正しないものなので、今回いつにもまして

下絵で手こずってしまいました。

前のコピー用紙売ってないかなぁ…。

ライトボックスもちょっとキケン…こわれそう

まさに

ゆううつ…!!

今回の原稿前に京都（はじめて）
旅行に行ってきました！
紅葉がステキ!!といいたい所だったの
ですが…あいにくの雪…そして雨…
そして台風…あと車での移動だったの
ですが、フロントガラスに頭部をぶつけると
いう事態に!!! あまりに見事なヒビの入り
っぷりでしたので、写真におさめてしまい
ました♡ 旅行スキーなので、また
どっか行きたいです。でへぇ

山梨の昇仙峡は超ステキ
でした…

きむらじゅんこ

高機動幻想
ガンパレード・マーチ

対応機種●	プレイステーション用ソフト
メーカー●	ソニー・コンピュータエンタテインメント
ジャンル●	GAME
価格●	¥5,800(税込¥6,090)
発売日●	2000年9月28日発売

アクション、アドベンチャー、シミュレーション……。ジャンル表記がままならないほど、ゲームのあらゆる面白さを、すべて盛りこんでしまった作品。舞台となるのは異世界から来た幻獣との戦いが激化する日本。プレイヤーは少年兵として軍の訓練校に入学し、パイロットとして腕を磨いていく。ゲームの進行はリアルタイム。学園生活で恋愛するもよし、必死で勉強するもよし、戦闘に明け暮れるもよし。自由度の高いシステムの中で、自分なりの楽しみ方を見つけよう!

◉榊 涼介著作リスト

「偽書信長伝 秋葉原の野望 巻の上・下」（角川スニーカー文庫）
「偽書幕末伝 秋葉原竜馬がゆく㈠～㈢」（電撃文庫）
「アウロスの傭兵 少女レトの戦い」（同）
「疾風の剣 セント・クレイモア」全3巻（同）
「忍者 風切り一平太」全4巻（同）
「鄭問之三國誌〈一〉～〈三〉」（メディアワークス刊）
「神来―カムライ―」（電撃ゲーム文庫）
「7BLADES 地獄極楽丸と鉄砲お百合」（同）
「ガンパレード・マーチ 5121小隊の日常」（同）
「ガンパレード・マーチ 5121小隊 決戦前夜」（同）
「ガンパレード・マーチ 5121小隊 熊本城決戦」（同）
「ガンパレード・マーチ episode ONE」（同）
「ガンパレード・マーチ episode TWO」（同）
「ガンパレード・マーチ あんたがたどこさ♪」（同）
「ガンパレード・マーチ 5121小隊 九州撤退戦〈上〉」（同）
「ガンパレード・マーチ 5121小隊 九州撤退戦〈下〉」（同）

本書に対するご意見、ご感想をお寄せください。

■

あて先

〒101-8305 東京都千代田区神田駿河台1-8 東京YWCA会館
メディアワークス電撃ゲーム文庫編集部
「榊 涼介先生」係
「きむらじゅんこ先生」係

■

電撃文庫

ガンパレード・マーチ
もうひとつの撤退戦《てったいせん》

榊《さかき》 涼介《りょうすけ》

発行　二〇〇五年一月二十五日　初版発行

発行者　佐藤辰男

発行所　株式会社メディアワークス
〒一〇一-八三〇五　東京都千代田区神田駿河台一-八
東京YWCA会館
電話〇三-五二八一-五二二二（編集）

発売元　株式会社角川書店
〒一〇二-八一七七　東京都千代田区富士見二-十三-三
電話〇三-三二三八-八六〇五（営業）

装丁者　荻窪裕司（META＋MANIERA）

印刷・製本　あかつきBP株式会社

落丁・乱丁本はお取り替えいたします。
定価はカバーに表示してあります。

Printed in Japan
ISBN4-8402-2952-X C0193

電撃文庫創刊に際して

文庫は、我が国にとどまらず、世界の書籍の流れのなかで〝小さな巨人〟としての地位を築いてきた。古今東西の名著を、廉価で手に入りやすい形で提供してきたからこそ、人は文庫を自分の師として、また青春の想い出として、語りついできたのである。

その源を、文化的にはドイツのレクラム文庫に求めるにせよ、規模の上でイギリスのペンギンブックスに求めるにせよ、いま文庫は知識人の層の多様化に従って、ますますその意義を大きくしていると言ってよい。

文庫出版の意味するものは、激動の現代のみならず将来にわたって、大きくなることはあっても、小さくなることはないだろう。

「電撃文庫」は、そのように多様化した対象に応え、歴史に耐えうる作品を収録するのはもちろん、新しい世紀を迎えるにあたって、既成の枠をこえる新鮮で強烈なアイ・オープナーたりたい。

その特異さ故に、この存在は、かつて文庫がはじめて出版世界に登場したときと、同じ戸惑いを読書人に与えるかもしれない。

しかし、〈Changing Time, Changing Publishing〉時代は変わって、出版も変わる。時を重ねるなかで、精神の糧として、心の一隅を占めるものとして、次なる文化の担い手の若者たちに確かな評価を得られると信じて、ここに「電撃文庫」を出版する。

1993年6月10日
角川歴彦